ARKADA YAYLILAR ÇALIYOR

Melikşah Altuntaş

holden

Holden Bu Ülke #01

ARKADA YAYLILAR ÇALIYOR
Melikşah Altuntaş

İlk Basım Nisan 2024
İkinci Basım Nisan 2024

Yayın Yönetmeni Baran Güzel
Yayına Hazırlayan Murat Çelik
Kapak Fotoğrafı Aylin Güngör
Kapak Tasarımı Hamdi Akçay
Sayfa Tasarımı Deniz Tugay
Fotoğraflar Melikşah Altuntaş

ISBN 978-625-99930-9-6

Baskı ve Cilt MD Ofset Matbaacılık Yayıncılık
Tel: (212) 483 34 22 Matbaa sertifika no: 50194

Holden Kitap
Rasimpaşa Mah. Elmalıçeşme Sok. No: 23/8 Kadıköy/İstanbul
e-posta holden@holdenkitap.com
Yayınevi Sertifika No 45027

@holdenkitap
www.holdenkitap.com

ARKADA YAYLILAR ÇALIYOR

Melikşah Altuntaş

Öykü

holden

Melikşah Altuntaş

1987'de İstanbul'da doğdu. İstanbul Üniversitesi Felsefe Bölümünde eğitim gördüğü sırada başladığı *Bant Mag.* dergisinde on beş yıl boyunca sinema yazarlığı ve editörlük yaptı. Çeşitli gazete ve dergilerde sinema yazıları yayımlanmaya devam ederken, bir yandan televizyon ve sinemada çeşitli işlerde yazar, editör ve senarist olarak görev aldı. *Arkada Yaylılar Çalıyor* yazarın ilk kitabı.

İÇİNDEKİLER

Dünya üzerindeki vaktini
yirmi sekiz günde
tamamlayan
Tolga'ya,

SEN
GELİNCE
GÖRÜŞÜRÜZ

Sadece havaalanlarında, hızlı ve konsantre biçimde yazabildiğimi anladığımda on yedi yaşındaydım ve İstanbul'dan Düsseldorf'a bir hiç uğruna gidiyordum. Babamla tanışmamızın üzerinden on yıl geçmişti ve nihayet yıllardır kafamın içinde başka başka cümlelerle kurup durduğum konuşmayı yapmaya gidiyordum. Sorulacak çok sorum vardı. Bazılarının cevapları olmasa bile soruların sorulması gerekiyordu.

Babama sormak istediğim şeyler öyle bir anda aklıma üşüşmedi. Yedi yaşındayken aniden karşıma çıkıp kafamı karıştırdığı günün gecesi düşünmeye başlamıştım. Gündüzünde sormadığım "Neredeydin?" sorusu, o gece belirdi. Bu sorunun zihnimdeki ilk cevapsız kalışı sekiz yaşımdan gün aldığım yıl gerçekleşti.

***

İlkokul dördüncü sınıfa geçtiğimde yalnızca hayat bilgisi dersine değil, babamın hafızamdaki silüetine de veda ettim. Onu ilk kez gördükten üç yıl sonra nasıl birine benzediğini artık tamamen unutmuştum. "Neredeydin?" diye sormayı nasıl unuttuysam, babamın neye benzediğini de öylece siliverdim zihnimden.

***

Ortaokulun ilk günü, sınıftaki herkes sırayla ayağa kalkıp kendini kısaca tanıtırken, Göt Umut cevabının içine annesinin ve babasının isimleriyle mesleklerini de ekledi. Ondan sonra ayağa kalkıp kendini tanıtan herkes bu meslek kutucuklarını doldurmaya devam etti.

Göt Umut "İki kardeşiz. Annem Cemile ev hanımı, babam Tayfun da bankacı," deyip yerine oturmasa ondan sonra kalkan Pınar da babası Hakan'ın serbest meslekle uğraştığını; Buket, babası Kıvanç'ın emlakçı olduğunu söylemeyecekti. Ayşegül'e gelene kadar herkes bir arada yaşayan anne babasının adlarını ve mesleklerini gururla söylemiş, yalnızca Ayşegül babası hakkında tek kelime etmeden yerine oturmuştu. Göt Umut bile atlayıp "Babanı unuttun," dememişken öğretmenin "Annenle baban hayatta mı Ayşegül?" diye sorması neyin nesiydi peki? Öğretmenlerin bildikleri pek çok şey arasında çocuk kalbinin kırılganlığı bilinmezliğini koruyordu belli ki.

Ayşegül'ün babası yoktu. Orta ikiye giderken boş derste okulun arka bahçesindeki bankta ağzımın kenarına fısıldayan dudağının sıcağından öğrendiğim kadarıyla babasını hiç görmemişti. Ama bir yıl önce onun kadar cesur olamadığım okulun ilk gününde ayağa kalkmıştım ve meraklı gözlerle bana bakan öğretmenim, Göt Umut ve hiç tanımadığım yeni arkadaşlarımla dolu sınıfta babamla ilgili boşluğu doldurmak zorunda bırakılmıştım. Yıllar içinde tüm boşluklar, tüm sorular şu an yazdığım gibi bir defterin içine dolmaya başladı.

"Ben Murat Korkmaz. Annem Leyla Korkmaz Tekel fabrikasında çalışıyor. Babam Tahir Korkmaz iş gezisinde… İş gezisinden dönmedi... Babam Tahir Korkmaz iş gezisinden dönmeyecek gibi."

***

Barış Manço'nun öldüğü gece, daha sonra çıkacak *Mançoloji* albümünde garip bir biçimde yer verilmemiş olduğunu görüp albümü almaktan vazgeçmeme neden olan "Güle Güle Oğlum" parçasını dinleyerek ağlıyordum. O gece Ayşegül'ün orta ikide bir ay boyunca onunla çıkarken bana aldığı siyah suni deri kaplı defterin kapağını aralayıp sormuştum: "Neredeydin?" Cevapsız bıraksam bile yazabilmiştim sonunda. Karşımda duruyordu ilk kez bu soru.

On dört yaşıma bastığım güne kadar doldurdum defterleri. Babamla konuştum, sorular sordum, cevapsız kalıp durdum o defterlerde. Annem odamı temizlerken bulmuş bir tanesini. Okumuş her şeyi, yatağımın kenarına oturup ağlamış. Ben de onun günlüğünü okuyunca öğrendim bunu. Babamla ilgili birbirimize söylemediğimiz her şeyi birbirimizin günlüklerinden okumuştuk.

Henüz okula dahi gitmezken annemin babama dair söylediği tek şey işe gittiği ve yakında döneceğiydi. Dolayısıyla yedi yaşıma girdiğim gün bir anda karşıma dikildiğinde, nihayet, işten gelmiş olmalıydı babam. Lunaparkta geçirdiğimiz koca bir günün hiçbir yerine sıkıştıramadığım "Neredeydin?" sorusunun cevabı bu olmalıydı. İşteydi ve şimdi dönmüştü. İş neredeydi peki, neydi iş, babaların çocuklarından başka ne işi olurdu?

***

On dört yaşıma bastığım gün babam aradı. Rahatsız edici beş koca dakika boyunca konuşup sustuk telefonda. Çok utandım, hiç konuşamadım, doğru dürüst bir soru bile soramadım. Çok sinirliydim, konuşsam kırardım. Çok üzgündüm, konuşmayı isteseydi arardı, gelirdi, neyin hesabını soracaktım.

"Neredeydin?" diye soramadım belki ama "Neredesin baba?" diyebildim.

"Düsseldorf'tayım oğlum, gelmek ister misin yanıma?"

Telefonun ahizesi kulağımı yaktı. Boğazım kurudu, düğümlendi, konuşmaya kalksam boğulurum diye korktum. Günlüğünde, annemin paralelden dinlediği telefonu tam bu noktada kapattığını okudum. O da ağlamaklı olmuş, "evet" derim diye korkmuş.

"Yok, okulum var. Sen gelince görüşürüz."

Sessizlik.

"Peki oğlum."

Sessizlik.

Tam tamına üç yıl boyunca tek kelime yazamadım. Defterlerimi attım. Şimdi çok pişmanım ama o gün gözümü dahi kırpmadan yaktım tüm defterleri Ayşegüllerin evinin bahçesinde. Ayşegül'e yazdıklarımla birlikte.

Orta ikide beni bırakıp Göt Umut'un çıkma teklifini kabul eden, hiç unutamadığım, çok kızdığım Ayşegül'e yazdıklarımla birlikte, hiç unutamadığım ve çok kızdığım babama yazdıklarımı da yaktım. Babası olan, Ayşegül'ü olan, özgüveni olan Göt Umut annesiyle de günlükler üzerinden değil, tüm meselelerini karşılıklı konuşabiliyordu muhtemelen.

***

Düsseldorf'a gidecek uçağı bekliyor, havaalanında boş boş gezinip meraklı gözlerle dükkânları inceliyorken bir vitrinde gördüğüm sarı bir defteri, yeniden yazmam gerekenler olduğunu fark ettiğim için aldım. Yıllar sonra bir *tweet*'te okudum, sarı özlemin ve nostaljinin rengiymiş. Bir defterin üzerini sarıyla kapladıklarında anladım, bazı şeyleri içimden dökebilmeyi ne kadar özlediğimi.

Her şeye normaldekinin üç katını ödüyor olmayı kimsenin dert etmediği havaalanı restoranlarından birinin, uçak pistine bakan penceresi önüne yerleştim. Kadeh büyüklüğündeki bir şişe dolusu şaraba cebimdeki nakit paranın yarısını verdim. Yeni aldığım sarı defteri koydum masaya. Kasiyer kızdan rica ettiğim tükenmez kalemin ucunu dokundurmaya başladım defterin sayfalarına.

Babamın yanına varmadan babamla konuşmam gerekiyordu. Yıllardır kafamda provalarını yaptığım cümleleri yazıp karşımda görmem, becerebilirsem bunları ona da söyleyebilmem gerekiyordu.

İçimdekileri defterlere yazarak başladım. Sonraki havaalanı ziyaretlerimde dizüstü bilgisayarıma geçecek ve bazen de cep telefonumun notlar kısmını kullanacaktım yazacaklarım için. Öyle zamanlar olacaktı ki sonra, sadece yazabilmek için bir yerlere uçmaya başlayacaktım. Sadece yazıp dönmek için havaalanına gitmeyi kendime yediremeyeceğimden uçup konduğum şehirlerde en az üç gün kalacaktım.

Havaalanındayken babamın yanına gidememiş halim gibiydim. Yazdıklarım kadardı her şey. Tüm ihtimalleri yazıyordum ve her biri babamla gerçekte olandan daha iyi geliyordu.

***

On yedi yaşımda İstanbul'dan Düsseldorf'a giderken de babama sorular sormaya gitmiyordum. Sorulabilecek her şeyi sordum defterlere, *Word* sayfalarına, notlar klasörlerine. Düsseldorf'a vedalaşmaya gidiyordum. Hiçbir şeyi değiştiremeyeceğimi biliyor, hiçbir şeyin nedeninin yeni bir şeyi başlatamayacağını anlamaya gidiyordum.

Şehre vardığım gün yorgunluğumu bahane edip normalden çok daha erken bir saatte uyuttum kendimi. Ertesi gün fazla uyumaktan baş ağrısıyla gezdim.

Şehrin sessizliği daha da ağrıttı başımı. İç seslerinden kaçmak için başka ülkelere gelmiş insanların, bu sesleri duymalarını engelleyecek bir gürültüsü yoktu şehrin ve sırf bu yüzden bile hiç sevmemiştim Düsseldorf'u. Babamı aramaktan tam üç kez vazgeçtim o gün. Son gün bir bisiklet kiralayıp şehri gezerek görülmeye değer şeyler aradım. Ne aradığımı bilmeden fakat kimseyle de tek kelime etmeden döndüm Türkiye'ye.

Babam ben Düsseldorf'tan döndükten birkaç gün sonra öldü. Düsseldorf'a gidip babama hiçbir şey sormadan birkaç gün sonra. Orada babamla hiç buluşmadan İstanbul'a döndükten birkaç gün sonra.

Havaalanlarında uçağa binmeden önce yazdığım şeylerin her biri beni dünyanın başka yerlerine götürdü. Bir sürü hikâyenin kahramanı oldum. Bir yığın insanla bir dolu hikâyem oldu. Hikâyelerin hiçbirinde, babamın nerede olduğunun bir önemi yoktu.

CİDDİYE ALDIĞIM ŞEYLER

Elimdeki şeylerden kurtulup yepyeni bir şeye başlamak istiyorum.

(Elimdeki şeyler:

- Bitirmem gereken bir öykü kitabının, editör notları üzerinden geçmek,
- Terapiden mezuniyet ödevim gibi bir şeye dönüşmüş olan yarı-otobiyografik uzun metrajlı film senaryosu,
- Ceyhun'la tek günde geçen maceramızı -galiba- anlattığım dizi senaryosu,
- Dizi senaryoları (genel),
- Ceyhun (?),
- Anneannemle ilgili bir çocuk gelin belgesel senaryosu taslağı)

Elimdekilerden kurtulabilmek için onları tamamlamam gerektiğini kabullenemiyorum. Hayatımda teslim tarihi olmayan bir işi bitirdiğim herhangi bir örnek hatırlamıyorum. Teslim tarihlerine bir iki gün kala girdiğim komaları da pek özlemiyorum açıkçası.

Bazen hayatını yazarak kazanan bir insan olmaktan dolayı acı çekiyorum. Bazen bir yazar olduğumu tam olarak nereden çıkardığımı düşünüyorum. Ortaokulda iyi kompozisyonlar yazıyorum diye edebiyat öğretmenimin yönlendirmesini fazla mı ciddiye aldım?

(Ciddiye aldığım şeyler:

- İnsanların hakkımda yaptığı yorumlar,
- Bir şeyler üretme kaygısı,
- Arkadaş düğünleri,
- Arkadaş ölümleri,
- İnsanların ölmeyen insanlar hakkında yaptığı yorumlar)

Yazdıklarımın okunmaya değer kısmını bulmaya çalışıyorum sıklıkla. Koca bir edebiyat tarihinin karşısına, kendi kurduğum cümleleri dikebilecek gücü nereden bulabilirim? Tüm hayatım, yazdığım senaryolardan çok daha başarılı senaryoların çekildiği filmleri izlemekle geçmişken, hangi film benim yazdığım bir şey temel alınırsa daha iyi olacak, bulamıyorum.

Hayatını kaybetmiş insanlarla yarışmaktan vazgeçerek başlayabilirim belki? Ölülerin bıraktığı tüm işler benim yaratacaklarımdan iyi olmayabilir ama hayattayken yaratıcı potansiyeli benden fazla olan ölülerin, hayata geçmeden onlarla ölen işleri, hayatım boyunca yazacaklarımdan hep daha iyi olacak. Onlar, kendi potansiyelini gerçekleştiremeyecek kadar ölüyken, onların geride bıraktığı nefesleri alıp vererek yeni işler yaratabilecek gücü nereden bulacağım? En basit tanımıyla nankörlük bu.

(İnsanların nankör olduğumu düşünebildiği konular:

- Çocukken annem babam tarafından sevgi görmüş bir çocuk olmama rağmen çocukluk dönemime dair dert yanmam,
- Maddi durumum iyi olmasına rağmen ülke ekonomisinden şikâyet etmem,
- İstediğimle istediğimde yatabilmeme rağmen ülkemde bir kuir olarak yaşamanın zorluklarından bahsetmem,
- Genel olarak insanlar tarafından seviliyor olmama rağmen tanımadığım insanların olumsuz yorumlarından etkilenmem,
- Başka bir ülkenin vatandaşı olmak istemem)

Ölülerle yarışmayı bırakmaya çalışabilirim ama ölüleri yarıştırmaktan kurtulmak istemiyorum. Çocukluğumdan beri bayılarak oynadığım isim-şehir oyunlarına "ünlü" kategorisinin girişinden çok kısa bir süre sonra "ölü ünlü" kategorisini de sokmak benim fikrimdi çünkü. Ve en yüksek puanı da hep ölü ünlülerden alıyorum. Bazı harflerden ölü ünlü bulmak özellikle zorlayıcı olabiliyor. Mesela j harfiyle başlayan ölü ünlüler.

(J harfiyle başlayan ve yazdığımda 20 puan aldığım ölü ünlüler:

- Jean-Jacques Rousseau,
- Jack London,
- Jül Sezar,
- Jane Russell,
- John F. Kennedy,
- Jale İnan)

Bir harften ölü ünlü düşünmeye başlarsam eğer tüm gün başka bir şey düşünemiyorum. Yazmam gereken şeylerin başına geçiyorum ve yalnızca herhangi bir harfle başlayan ölü ünlüler düşünüyorum. Kafamın içinde onları tek tek sayıyorum. Bazı isimleri iki kez saydığımı düşünüp tekrar başa dönüyorum. Biraz yazdığım şeylere konsantre olmaya çalışıp, en baştan yazdığım sayfaya kadar yeniden okuyarak metne dönebilmeyi deniyorum. Okurken sıkıldığım kısımları hızlı hızlı geçiyorum. Aynı duyguda olduğumu hissetmediğim yerlerin üzerinde durmuyorum.

Artık aynı duyguda olmadığım bir kurguyu sürdürmenin anlamı üzerinde düşünmeye başlıyorum o sırada. Yazdığım şeyin değerini sorgulama işi tüm ihtişamıyla dönüş yapıyor. O konuda daha iyi şeyler yazmış yazarları düşünüyorum. İçlerinde ölmüş olanların baş harflerini sıralamaya başlıyorum. Sayıca fazla olanlardan bir harfi seçip ondan yeni ölü ünlüler türetmeye devam ediyorum. Yazmam gereken şeyler, yaratmam gereken karakterler beyaz bir sayfanın üzerinde leke olmayı beklerken ben ölüleri düşünmeye devam ediyorum.

ARKADA
YAYLILAR
ÇALIYOR

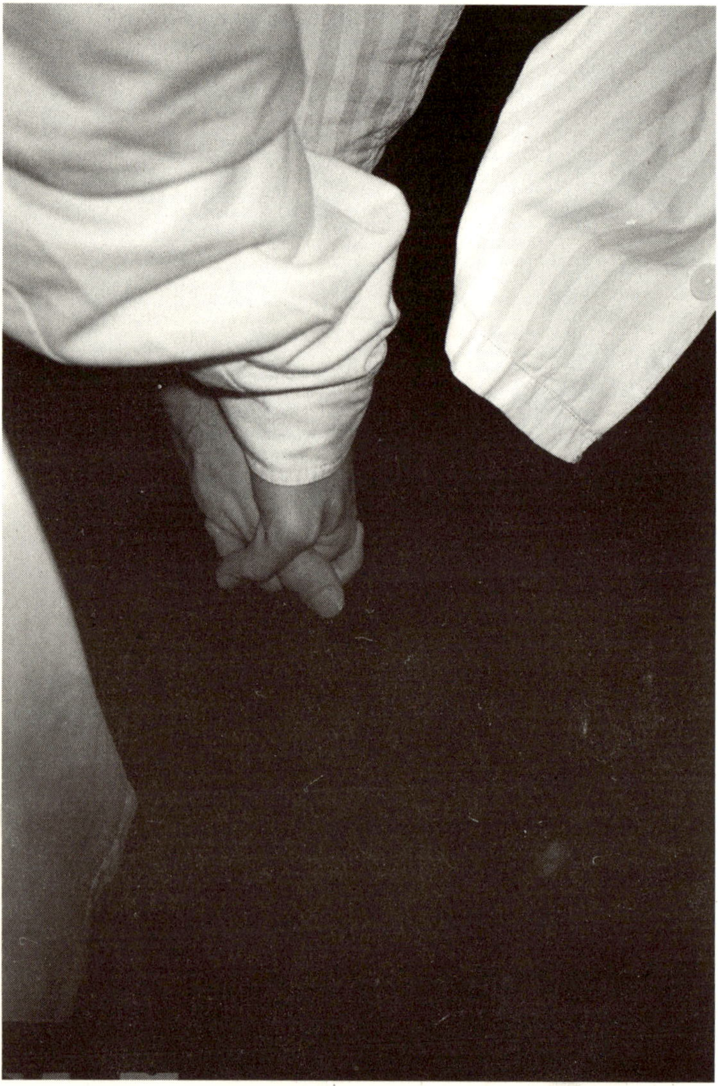

Yağız'la beraber büyümemiş, ergenliğimizi birlikte geçirmemiş, kız arkadaşlarımızı birbirimizden kıskanmamış olsaydık ve hiçbir ortak hafızadan söz etmeseydik nasıl olurdu diye düşünürken buluyorum son zamanlarda kendimi. Onunla yıllar önce tanışmamış olsaydık da geçen ay bir barda tanışıp muhabbet etmeye başlasaydık her şey nasıl olurdu?

***

Yağız'ın annesi Reyhan Teyze ile annem yakın arkadaştı. Ben ortaokula yeni başladığım yıl Yağız da beşinci sınıfa geçmişti. Reyhan Teyze'nin Yağız'ın elinden tutup bize geldiği o ilk günü gayet iyi hatırlıyorum. Annemin, Reyhan Teyze'nin de benim yaşlarımda bir oğlu olmasına, yeni bir oyun arkadaşı edinebileceğime dair sevincini, tuhaf bir utanç ve suçluluk duygusuyla görmezden gelmeye çalışmıştım.

Annemin yalnızlığımı tanıması ve bundan kurtulma ihtimalime dair mutluluğu içimi burdu. Aynı durum, Yağız'la arkadaşlık kurmaya dair bir motivasyona dönüştü. Yine de Yağız'la yakınlaşmamın tek sebebi bu değildi.

Reyhan Teyzelerin geleceği gün yapılan ıslak kekin tadı hâlâ aklımda. Annemin çok sevdiğimi bildiği ama çok sık yapmadığı tüm ıslak kekler gibi yine mükemmeldi ve kıvamı her defasında kusursuza daha çok yaklaşıyordu. Islak kekin cam kapta dilimlere ayrılmasından biraz sonra Yağız bana ıslak kek sevmediğini söyledi. Onun dilimini de tek solukta yiyip, yanında içtiğim iki bardak sütle nasıl şişip çatlayacak gibi olduğumu sonraki yıllarda hatırlatıp durdu Yağız. Hayranı olduğum şeylere dair tutkumun gözümü nasıl karartabildiğini gördüğü ilk emare buydu.

Uzun yıllar boyunca Yağız'la ilişkimizde hep çatlayacak gibi olacağımı, söylemezsem çatlayacağım şeyleri hep yutacağımı, yapmazsam çatlayacağım şeyleri hep erteleyeceğimi, olmazsa çatlayacağım şeylerin hiç yaşanmayacağını da zaman içinde öğrendim.

***

Yağız her zaman sessiz sakin biriydi. Tanıştığımız gün odamdaki eski tüplü televizyona eğreti bağlanmış, kablosu sürekli temassızlık yapan ve bu yüzden arada bir ekran gittiği için sürekli mantarlar tarafından avlanıp canları tükenen *Super Mario*'ya final hamlesini yaptırıp bayrağa tırmandıramazken de sakindi, on yıl sonra burada, Eskişehir'deki öğrenci evimizde verdiğimiz partide doğruluk mu cesaret mi oyununda damarına ısrarla basıldığında ve cevabını paylaşmak istemediği şeylere zorlandığında da.

"Gözde, Yağız'a soruyor."

"Hımmm doğruluk mu cesaret mi?"

"Doğruluk."

"Doğruluk... Peki..."

Gözde bana bakıyor. Bakmasa keşke. Yağız, bana baktığını gördü mü diye kafamı kaldırıp Yağız'a bakamıyorum. Gözde'nin bana baktığını Yağız'ın görüp görmediğini kontrol etmek için Yağız'a baktığımı görmesini istemiyorum Gözde'nin. Tüm bunlar iki saniyeden daha kısa sürede olup bitiyor.

"Soruyorum... Daha önce hiç..."

Hayır Gözde!

"...hiç hissetmemen gereken birine..."

Sorma lütfen. Sormadan önce bana baktığını Yağız gördü mü?

"... bir şeyler hissettin mi?"

Yağız'a bakamadım, bana bakıyordur belki - bunu biri görür diye. Yağız'a bakamadım, bana bakmıyordur belki - bunu görürüm diye.

Birlikte oraya buraya savrulduğumuz, başımıza gelen hemen her şeyi birlikte göğüslemeye çalışmanın bir yolunu bulduğumuz onca yıl boyunca Yağız'ın ne kadar sessiz sakin bir insan olduğunu hiçbir zaman olumlu bir cümlenin içinde geçirmedim. Aklı başında biri olma özelliği hiçbir zaman işime yaramadı Yağız'ın. Gizliden gizliye gönüllüsü olduğu hiçbir şeyi yapmaya cesaret edememesiyle eşledim onun sessizliğini. Sakinliği bana, tutkularını saldığında kontrolü elden bırakabileceğinin korkusunu hatırlattı hep. Bazen bazı şeylerin beraberce üstesinden gelirken bile aslında kendini ne kadar geride tuttuğunu fark ediyorum şimdilerde. Babasının kaybıyla iyice ortaya çıktı bu durum benim için.

Benim baba eksikliğim aramızda görmezden geldiğimiz, sanki yokmuş gibi davrandığımız onlarca şeyden biriydi. Yağız'ın babası Tuncer Amca'nın yaptıkları ve yapamadıkları, aramızdaki bağa çok az konu oldu bu yüzden. Yine de gözümün önünde sevgi dolu bir baba - oğul ilişkisi vardı. Tuncer Amca her fırsatta Yağız'ın her kararının arkasında gibi hissettiriyordu, henüz vermedikleri dahil her kararının. Yağız en çok da bunu bana göstermemenin bir yolunu arıyordu belki. Babası tarafından asla onaylanamayacak olmanın ne demek olduğunu tahmin ettiğinden ya da yanında duracak bir babanın var olmadığı bir ortamı az çok hayal ettiğinden, sıkıntı verici şefkatini eksik etmedi bu konuda benden.

Üniversite yılları sürerken Tuncer Amca'yı ani bir kalp kriziyle kaybetmemizle birlikte Yağız'ın o zamana dek bana, nasıl yürüdüğünü göstermekten kaçındığı baba - oğul ilişkisi de mecburi bir görünüme kavuştu. Yağız'ın eski sevgilisi Selin bir anda yeniden ortaya çıktı ve Yağız tüm bu yas sürecini Selin'in yanında geçirmeyi tercih etti. Ben eksik hissetmeyeyim diye bana göstermekten kaçtığı baba sevgisini, ona veda etmeye çalışırken de bana göstermekten kaçmanın yolunu böyle bulmuştu. Onu anlayıp yanında ama geride durabilmenin bir yolunu buldum tabii ki ama cenaze günü Reyhan Teyze ile her şeyi tek başına çözmeye çalışırken ıvır zıvır işleri bile bana vermemeleri canımı yakmadı değil. Tüm cenaze boyunca Selin'in elini tutması, onun omzunda ağlamayı seçmesi bile o basit işlerin bana layık görülmemiş olmasından fazla yakmadı canımı.

Tuncer Amca'nın ani kaybı şoke ediciydi. Kendime açılan mesafeyi düşünmenin inanılmaz bir bencillikle eşdeğer olduğu fikrini zihnimden atamıyordum ama bir yandan da uzaklaşmamızı yakıştıramıyordum.

Elbette bu kayıp benimle ilgili bir şeye dönüşemezdi. Benimle ilgili başka bir şeyin yeniden hayatımın yörüngesine dönüşmesine bu yüzden karşı koyamadım belki de. Ayşegül'ün yıllar sonra attığı bir mesajla hayatıma dönmesi böyle oldu.

***

Yağız cenazenin ardından benden ne kadar uzaklaştıysa Ayşegül de o kadar yakınlaştı. Görür görmez kalbimi sıkıştıran mesajını açabilmek için bile üç saatimi evin içinde dolanarak geçirmiş, sonrasında yeterli gücü toplayıp cevap yazabilmiştim. Mesajı bir soru içermese de benim yazdığım şey bir cevap niteliğindeydi. Kendime sorduğum sorulardan birinin cevabı belki de.

Bu aralar çok aklımdasın.
Rahatsız etmek istemiyorum
ama umarım her şeyi biraz
yoluna koymuşsundur.
Konuşmak istersen buradayım.

İyiyim, teşekkür ederim.
Konuşmak isterim.
Bu hafta uygun olduğun bir gün
ve saat vermen yeterli.

Aramızda otomatikleşmiş bir kabul duygusuyla yazılmış gibi duran bu mesajlaşmamızdan iki gün sonra buluştuk Ayşegül'le. Aradan yıllar geçmemiş, ikimiz de başkalarını sevmemiş, bir sürü gözyaşı dökülmemiş ve kimse kimseyi çok özlememişçesine, alelade bir görüşmeye çevirmeyi başardık bu buluşmayı. Dünyanın en önemsiz konularını peş peşe konuştuktan sonra Yağız'a geldi mevzu. Bu konuyu diğerlerinden önemli kılan tek şey benim cümlelerimi seçerken dikkatli olmamdı. Hiçbir duygumu belli etmemeye çalışarak, bu buluşmanın başından buraya kadarki sıradanlığı korumam gerekiyordu.

***

Cenazeden sonra Yağız'la iletişimimiz o kadar sorunlu bir hale geldi ki artık benimle zoraki konuştuğunu hissediyordum. Aynı evin içinde, hiçbir ortak geçmişe sahip olmayan iki ev arkadaşına dönüşmüştük. Evdeki tek tük sıcak diyalog da Selin'in bizde olduğu zamanlarda, bir şeyler yeme ya da bir şeyler izleme sırasında onun erittiği buzlar kadardı. Buzlar nasıl oluştu, bu duvar nasıl örüldü, Yağız'a ulaşmak nasıl bu kadar zor olmaya başladı bilmiyorum. Öylece oluverdi. Hiçbir şey yapamadım. Selin de zamanla bu uzaklığı hissetmeye başladı. Ortak yemekler, ortak seyirler azaldı. Yemeğimi çoğunlukla odamda ya da mutfak masasında tek başıma yemeği tercih eder, evde bir gölge gibi gezer olmuştum.

Birkaç ay sonra bir akşam eve Ayşegül'le geldik. Öncesinde defalarca hayalini kurduğum bir karşılaşmaydı bu. Olsaydı nasıl olurdu diye düşünüp duruyordum. Yağız, Ayşegül'ü karşısında görünce ne hissederdi, Ayşegül benim yanımda dururken ve elimi tutarken.

Ayşegül'le kapıyı açıp holün karşısındaki salona girdiğimizde Yağız ve Selin, *YouTube*'da abartılı bir güzellikte dekore edilmiş ve her şeyiyle yaşanmamışlık kokan bir evin oluşum sürecini dev bir iştah ve örtülü bir nispetle izleyicilere anlatan reklamcı bir çifti izliyorlardı. Selin sesimize döndü ve Ayşegül'ü görünce şaşkınlıkla sevinç karışımı bir tepkiyle ayaklandı. Selin'le Ayşegül sarılırken benim gözlerim konforsuz bir şaşkınlığı saklamaya çalışmaktansa dik dik gözlerime bakmayı seçen Yağız'daydı. O bakışları çok düşündüm. Ne hayal kırıklığı, ne öfke, ne sevinç ne heyecan vardı Yağız'ın bakışında. Sadece "İşte böyle oldu," diyordu sanki. "Ben ve Selin, sen ve Ayşegül, böyle olduk."

***

Evin içindeki tansiyon hiç de artmıyor gibi yaptığımız, her şeyin son derece kontrollü ve yolunda hissettirmesine gayret ettiğimiz üç ay daha geçti. Yağız'la diyaloğumuz iyice azalmış, arada kaçan bastırılmış öfke balonlarının kimi zaman hava kaçırmasıyla oluşan küçük laf sokmalar dışında çok az konuşmaya başlamıştık.

Kızların olmadığı bir akşam ufak bir atışma bile yaşanmıştı aramızda, karşılıklı kapıların çarpıldığı bir başka akşam daha ve sonunda birbirimizi öldürecek kadar hiddetlendiğimiz ama kimsenin diğerine vurmaya dahi kalkamadığı bir boğuşma. Neyi, neden zorladığımız belli değildi, tartışmaların başlangıcı belirsiz, öfkenin detayı temelsizdi. Buna rağmen boğuşma noktasına gelmiştik ama yine de iki taraftan biri evden ayrılmanın bahsini dahi açmıyordu. Açmaya korkuyordu. Tüm bu gerilimin kızlara hissettirilmemesi için gizli bir anlaşma yapmıştık sanki. Öfkemiz de arzularımız gibi açılmamış bir kutuda, evin bir köşesinde duruyordu.

***

Selin'in Kocaeli'ye annesinin yanına gittiği bir hafta sonu Ayşegül'le eve sarhoş gelip biraz gürültüyle odamıza girdik. Biz eve geldiğimizde Yağız salonda televizyon izliyordu. Ayşegül'ün "Naber Yağız?"ı havada asılı kalmış, biz çoktan odamızda oynaşmaya başlamıştık. Tüm dikkatimi Ayşegül'e ve o anın coşkusuna vermeye çalışıyordum ama içten içe tek derdim özellikle duyuruyormuşum gibi hissettirmeyecek arzu dolu, neşeli sesler çıkarmak ve elbette bunları Yağız'a duyurmaktı.

Yaklaşık on beş dakika sonra orada duruyordu. Gelişigüzel şekilde açık bırakılmış ama özenli bir geometrik formüle uydurduğum ve ancak bu kadar muntazam şekilde aralık kalabilecek kapının kenarına dikilmiş bakıyordu. Kapı aralığından baktığını görmüyorum sanıyordu. Yüzüm kapıya dönük olmasına rağmen, gözlerim dışarıdan bakınca kapalı görünüyor diye azıcık aralayıp onu göremem sanıyordu. Kapı aralığından bakmasa da bilmiyordum sanki orada öylece durmak istediğini.

Yağız istediklerinden bahsedebilen biri değildi. Kendine bile. Sonsuza kadar bana bakarken aslında ne istediğini görmüyormuşum gibi yaparsam, her şey aynı şekilde devam edecekti ama artık bunu kendime hakaret sayacak noktaya gelmiştim. O Selin'le yeniden birlikte olmuş, benden uzaklaşmış ve bu şekilde hayatına devam etmeyi seçmişse, ben de hayatıma devam edecektim ve bunu yaparken de ne istediğini ona itiraf ettirecektim. Aramızdaki şeyi, zihnimde geçen bir fanteziye dönüştüremeyecekti.

Bana bakmadığında hatta beni hiç de arzulanabilir görmediğinde dahi biliyordum beni istediğini. Çünkü ne istemediğini çok iyi biliyordum. Beni başka biriyle görmeye dayanamadığını biliyordum mesela. Bana başka birinin dokunmasını hiç istemeyeceğini biliyordum. Benim ondan başka biriyle mutlu olma ihtimalim ödünü koparıyordu. Ama tüm bunlara rağmen yine de ne yapıp edip beni istemiyor gibi görünmenin bir yolunu buluyordu. Bu sırada başkalarına dokunup onlara sarılabiliyordu, tüm zamanını onlarla geçirmek için elinden geleni yapabiliyordu. Ama tüm bunlar yalnızca ben orada, o evin bir köşesinde durduğum sürece mümkün olabiliyordu. Çünkü böylece, yeri gelirse aralık kapıdan bana bakarken aklından geçenlere dair bazı anlamlar yüklediğimi, hiçbir şeyin benim düşündüğüm gibi olmayabileceğini başıma kakabilirdi.

Neyi kaybetmekten korkuyordu bu kadar? İstediği şeyi yaşamaktan onu alıkoyan neydi? Kafasındaki birçok şeyi yapmama konusunda son derece ikna edici bir figür olan Tuncer Amca bile yoktu artık. Yoksa çoktan ikna etmiş miydi Yağız'ı? Coşkusunu dizginlemeyi mi miras bırakmıştı Yağız'a? Şimdi isteklerini serbest bırakamayacaksa ne zaman bırakacaktı? Peki acaba istemiyor muydu beni? Belki de hiç aklında yoktum gerçekten. Beni istemiyor olabilir miydi? Kapı aralığından bakmasının tek nedeni otomatik bir kontrol güdüsü olabilir miydi? Gerçekten de istediği bu olmayabilir miydi?

***

Bu aralar çok aklımdasın.
Rahatsız etmek istemiyorum
ama umarım her şeyi biraz
yoluna koymuşsundur.
Konuşmak istersen buradayım.

İyiyim, teşekkür ederim.
Konuşmak isterim.
Bu hafta uygun olduğun bir gün
ve saat vermen yeterli.

Aramızda otomatikleşmiş bir kabul duygusuyla yazılmış gibi duran bu mesajlaşmamızdan iki gün sonra buluştuk Ayşegül'le. Dünyanın en önemsiz konularını peş peşe konuştuktan sonra Yağız'a geldi mevzu. Bu konuyu diğerlerinden önemli kılan tek şey benim cümlelerimi seçerken dikkatli olmamdı. Hiçbir duygumu belli etmememeye çalışarak, bu buluşmanın başından buraya kadarki sıradanlığı korumam gerekiyordu. Ayşegül elinden gelen gayreti gösterdi bu kararlığıma saygı göstermek için. Ama Yağız'la Selin'in yeniden birlikte olduklarını ve Yağız'ın Selin'e evlenme teklif ettiğini bildiğini söylediğinde dolan gözlerimi gizleyemedim ondan. Tamamen gafil avlandım.

Yağız'la Selin'in okul biter bitmez evlenecek olmaları, bunun Yağız'la aynı evin içinde, yan yana odalarda uyuduğumuz son yıl olması, evler ayrılınca cılızlaşan diyaloğumuzun artık azalarak tamamen sona erecek olması, bu haberle kale gibi dikilmişti karşıma.

"Ben çok kötüyüm Ayşegül," diyebildim sadece. Ayşegül kalktı, yanıma oturdu, kollarıyla sardı beni. Omzunda kendimi tutmaya çalıştıkça daha da belirginleşen hıçkırıklarımla sarsılıp durdu. Artık Ayşegül de biliyordu. Artık Ayşegül bile biliyordu. Sadece ben ve Yağız bilmiyorduk. Olsaydı nasıl olurdu... Ayşegül bildiği için döndü bana, o eve yanımda olmak için geldi, o gece o sesleri o yüzden çıkardı. Yağız'a kıyamadığım için, onunla bozmaya cesaret edemeyeceğim bir ilişkinin gizli kaynağına ulaşmam için kendine kıyıyordu Ayşegül.

***

Herhangi bir şeymiş gibi söyleyiverdi Selin. Yağız'ın ona evlenme teklif ettiğini, ne kadar mutlu olduğunu, hafta sonu ailelerin bir araya geleceğini öylece anlatıverdi. Yağız önüne bakarak gülümsemeye çalışıyordu. Ben Selin'e bakarak gülümsemeye çalışıyordum. Genzime dolan tüm duyguyu biraz sonra zincir kahvecinin ödeme fişindeki küçük şifreyi girerek içine girmeyi başardığım tuvalette sessizce yanağımdan dökeceğim gözyaşlarıyla dışarı çıkarmadan hemen önce Selin'e gülümsemeye çalışıyordum.

Yağız gözlerini o gün indirdiği yerden bir daha neredeyse hiçbir zaman kaldırmadı bana doğru. Hafta sonu geldi, aileler tanıştı, Yağız ve Selin sözlendi, birkaç ay sonra nişan, hemen o yaz düğün yapıldı, birkaç yıl sonra ilk çocuklarının haberi, üç yıl sonra ikinci çocuklarının haberi geldi. Yağız'ın gözlerinin indiği yerden kalktığını görmedim bunca yıl.

Zincir kahvecinin masasında hayatındaki en önemli haberi veren Selin'in, bana yeniden önemli bir haber vermesine kadar on beş yıl geçti. Hayatımın en zor konuşmasını yapmam için beni hiç zorlamadığı, her şeyin sessiz bir kabulle noktalandığı o konuşma yüzünden yaptım - yapmaya asla cesaret edemeyeceğim o şeyi.

***

Birlikte yaşadığımız evi kapatmanın üzerinden on beş yıl geçmesine rağmen, yine bir sabahın köründe buz gibi havada bekliyorum Yağız'ı. On beş yıl önce Selin'le birlikte kurdukları evin önünde, aşağı yukarı hiçbir yerde, neredeyse hiçbir şey için ve tabii ki her zamanki gibi bekliyorum. Yağız'ı herhangi bir yerde, olması gereken vakitte gördüğümü hatırlamıyorum hiç. Ölüm döşeğindeki annesiyle vedalaşmaya gitmeye de geç kalmaz sanmıştım ama elbette sabahın köründe bu soğukta evinin önünde tek başına bekliyorum onu. Kapısında köpek gibi hissettirmenin bir yolunu bulmakta hiç zorlanmadı bunca yıl sonra. Yine kolayca beceriyor bunu.

Bu sabah buraya gelmeye karar vermemin Yağız'la bir ilgisi yok. Ona destek olmak, yanında olmak, sırtını sıvazlamak istemiyorum. Herhangi bir konuda bana ihtiyacı olabileceğini düşünmeyi bıraktım epey süre önce. Ve nihayet kendimi kandırmıyorum, gerçek bu. Sonunda onun adına ondan önce düşünmüyorum. Nihayet kendimi kandırmadığımı kendime inandırmak için düzeltiyorum kendimi, bu sabah buraya gelmeme karar vermemin Yağız'la çok az ilgisi var.

Reyhan Teyze'nin çok hızlı ilerleyen hastalığını annemden öğrenene kadar, şekerin bir insanı bu kadar hızlı paramparça edebileceğini düşünmezdim hiç. Bir hastalığı özetlerken nasıl da şeker diyebiliyoruz kolayca. İnsanlık tarihi boyunca şeker gibi tatlı bir hastalık hiç olmadı. Sardığı bedeni olduğundan daha sevimli hale getiremedi hiçbir hastalık. Ama bazı insanların hastalanınca sevimli olabildiği doğru. Annem grip olduğunda, uykusunda dişlerini sıkmayı bırakırdı mesela. Sadece burnu tıkalı olduğu için ağzını kapatamadığından değil, daha az sinirli de olurdu gripken. Annem hiç düzelmesin, gribi geçmesin, hep böyle güçsüz ve daha az öfkeli olsun isterdim gizli gizli. Gördüğüm tek şeker hastalık buydu.

Bu düşüncelere kapılıp gitmek ve nihayet Yağız'ın, evinin kapısından çıkıp bana doğru yürüdüğünü görmezden gelmek çok kolaydı ama şimdi burnumun ucunda duruyor ve şöyle diyor bana: "Geldin mi?"

***

Reyhan Teyze'nin Yunan kocasıyla evlenip Atina'ya taşınmasına çok sinirlenmiş Yağız. Aylarca konuşmamışlar. Kadın perişan olmuş. Onu anlayacağını umacak kadar saf olduğuna inanamıyorum Reyhan Teyze'nin. Yağız'ın anlayışlı bir evlat olmadığını fark etmek için onlarca yılı vardı ama umut o kadar zehirli bir şey ve Yağız yaydığı zehri fark etmiyor gibi yapmakta o kadar marifetli ki hepimiz ondan yıllarca anlayış bekleyebildik.

***

"Geldim evet."

Karşısında dikilmiş duran insana sorduğu bu ezber soruyu geçiştirmek, aklıma gelen cevaplar arasından en iyi niyetlisiydi.

"Selin mi aradı seni?" diye sordu.

"Hayır, annemle konuştuk. Yalnız gitmeni istemedim."

Selin aradı. Yanında olmak istemedim. Selin, beni aradı. Nihayet gücünü toplayabildi demek ki. On beş yıl geçmesi, anne olması, her sabah yataktan inkârla uyanmak için yepyeni bir sebep bulması gerektiyse demek, nihayet arayabildi Selin.

Yağız'la Atina'ya gidemeyeceğini, o yolculuğa onunla baş başa çıkamayacağını, on dört saat boyunca onunla aynı arabanın içinde oturamayacağını, on dört dakika boyunca bile yanında olamayacağını söyledi.

"Yıllar önce senden aldığım şeyi, şimdi iade edebiliyorum," dedi.

"Kimse benden bir şey almadı," dedim.

Bir güvercinin pervaza değen ayak seslerini duyabileceğimiz bir sessizlik oldu.

"Özür dilerim," dedi.

Selin benden özür diledi. Hata yapmış, hata yaptığını anlamış, yaptığı şeyden pişman olmuş biri gibi söyledi. "Özür dilerim."

"Reyhan Teyze ile son konuştuğumuzda sordu seni. Aklı gidip geliyor biliyorsun ama seni çok net bir şekilde ve tüm bilinciyle sordu. Yağız'la birlikte gelir mi dedi senin için. Sen arayıp rica etsen gelir mi, diye sordu."

Gözlerim karıncalandı. Yaşlarımı tutmaya, sesimi kontrol etmeye çalıştım. Yutkundum.

"Reyhan Teyze mi çağırdı beni?"

"O çağırdı evet. İkinizi çağırdı."

***

Reyhan Teyze balkona çıkıp Yağız'a seslendi.

"Hava kararmadan evde olacaksın demedim mi?"

Hava kararmadan Reyhan Teyze'nin hazırladığı sofradaydık. Reyhan Teyze sadece Yağız'ı değil, bizi çağırdı o akşam. İlk kez biz olmuştuk. Birkaç ay sonra da ilk kez bir olduk o evde. Akşam yemeğini yediğimiz salona en uzak odada, yine de sesimizi duyurmamak için elimizden geleni yaparak birleştik. Nefesimi çok uzun süre tuttuğumu göğsüm sıkıştığında anladım. "İyi misin?" diye fısıldadı kulağıma Yağız. O kadar iyiydim ki. Belki ondan kesildi nefesim. O kadar iyiydim ki bu yataktan kalktıktan sonra böyle bir şey asla olmamış gibi yapacak olmasına alışmaya çalışacağım onca seferin ilkini, bu iyiliği gerçek sandığım için göğüsleyebildim.

***

Arabanın içi buz gibi. Yağız'ın ağzını bıçak açmıyor. Sessizce kabullendiğimiz onca büyük olaydan birine hazırlamış gibiydi kendini. Yokmuş gibi yaptığımız onca büyük histen birine doğru yolculuğa çıkmıştık yine. Nefret ede ede, nihayet içinden çıktığımı sandığım o hissin içinde kalakalmıştım yine. Bunun, izlediğim için utandığım ama yıllardır her yeni bölümüne, çıktığı gibi atladığım bir dizinin final bölümü olduğuna dair içimden yeminler ede ede kaldım o histe.

Tekerlekleri Atina'ya doğru dönen arabasının yan koltuğunda, bedeniyle, nefesiyle yan yana ama her birinden kilometrelerce uzakta, sessizce yola bakıp final bölümünün kapanış jeneriğine doğru ilerledik. O da, ben de konuşacak bir konu bulma ya da uzanıp radyoyu açma zahmetine dahi girmedik. Katlanılmaz bir sessizliğin ortasında ve içine düştüğümüz açıklanamaz öfkeyi kelimelere dökmeme konusunda gizli bir yarış içindeydik. Bu yarışların yabancısı sayılmazdık nasılsa. En çok sırrı kim tutacak, en çok kim içine atacak, en çok kim yüzleşmekten kaçacak... Hiçbir düzlemde gerçek bir ikili olmayı başaramadıysak da sonunda kimsenin kazanmayacağı yarışlarda berabere kalmayı, bu ikiliden daha iyi başarabilecek kimse yoktu.

***

Yağız'la yol boyu, yalnızca kafamın içinde edebildiğim kavgalar beni yorgun düşürmüş ve bir noktada bedenim kendini bırakmış. Yine de hangi ara uykuya daldım da Yunanistan sınır kapısında gözümü açtım bilmiyorum. Ayılıp Yağız'ı karşımda görmekten daha kırıcı çok az şey vardı sadece o anda.

Ezber cümlelerle pasaport kontrolüne dair bir şeyler sıraladı. Arabadan çıktık, başka insanların, başka sessiz kuralların, başka ülkelerin arasında dolandık. Bir ülkeden başka bir ülkeye geçmekte ne kadar özgürsek, birbirinin sınırlarını istismar etmeye de o denli bağlıydık.

Bu yolculuğa birlikte çıkma konusunda göstermediğimiz rıza, demirden bir sessizliğe dönüşmüş, sınırını geçtiğimiz yeni ülkede de bizi takip ediyordu. Tam da bu noktada, midemdeki ani çalkantıya karşı koyamadım. En son yedi yaşımdayken böyle kontrolsüz bir kusma hissi hatırlıyorum. Yedi yaşındaki bir çocuk bedeninin taşıyamayacağı kadar nefes darlığı ve öksürme gayreti, nefes borumu o kadar zorlamıştı ki, göğsümü parçalayan öğürtülerle, salon halısına içimdeki boşluk hissini kusmuştum. Yağız'a sağa çekmesini bile söyleyemeden olan tam da buydu.

***

"İyi misin? Su içsene biraz."

Eğilip iki büklüm şekilde güç almak için dizlerimi tutmaya çalışırken ve kafamı ayakkabılarımın biraz ilerisine doğru hareket ettirerek kusmaya çalışırken de yardımcı olmuyordu Yağız - diğer hiçbir konuda olamadığı gibi. Sadece yok olsun istiyordum o an. Sesini kessin, yanımdan ayrılsın, arabasına binsin ve cehennem olup gitsin. Midemi çalkalayan, boğazımı sıkan, nefesimi sıkıştıranın kendi olduğunu bile bile yanımda durmuş, iyi olduğumu duymayı, su içip düzelmemi beklemesine katlanamayıp daha da öğürüyordum.

Gözümün dönmesine neden olan olay tam bu noktada gerçekleşti. Bardağı taşıran son damla, cümleleriyle alamadığı onayı, eliyle saçımı okşayarak almak için bana yaklaşıp başıma uzanmasıyla oldu... Tam o an... "Hadi bu sahne, senin iyi olduğunu söylemenle bitsin de sıradaki sahneye geçelim," der gibi, bana dizinin devam etmesi için sıradaki repliğimi hatırlatır gibi saçımı okşamaya kalktığı o an... "Herhalde Selin'in yolluk poğaçası boş midemi yaktı, kötü oldum," diyeyim ve toparlanıp arabaya bineyim diye görmediğim gözlerinin yalvararak beklediği o an...

Bundan önceki on yıllarda olduğu gibi, yine her şeyin onun benden beklediği sessiz kabullerle ilerleyeceğini anladığım o an... Bu sessiz kabullere izin verişimin yepyeni on yılları başlatacağını nihayet anladığım o an...

Sadece saçıma dokunmaya kalkan eline vurup doğrulduğum ve öfkeyle üzerine uçtuğum o an var... Sonrası çok bulanık.

***

Nefessiz bir boğuşma. İçinde hiçbir sözcüğe varamayan nidaların, bazı kopuk hecelerin, bazı telaşlı seslerin olduğu, bedenimize dolan tüm öfkenin salındığı, hiçbir yere varamasa da bir şekilde bedenden çıkmasına cesaret edebilmemle başlayan kocaman, parlak ve özgürleşme ihtimalinin güzelliğine adanmış bir boğuşma.

Kimse kimsenin canını daha fazla acıtamayacağı için bedenlerin zarar görmediği bir boğuşma. Zarar görmenin aksine, deli gibi arzu edilen yakınlaşmayı nihayet mümkün kılmanın zaferiyle iç içe geçmiş bedenlerin, tutkuyla birbirini parçaladığı bir boğuşma.

Sonunda, iki ayrı tarafa savrulan bedenler, nefes nefese inlemeler ve öfkenin yaşattığı orgazm sonrası neredeyse uyuşmuş olan göğsün yerdeki yukarı aşağı hareket eden dansı. Titreyen sağ bacağıma Yağız'ın elinin değmesiyle boşalan gözyaşları, sonsuz bir hıçkırık, boğularak ölmek istediğim bir büzüşme ve zarar görmeye duyduğum ihtiyacın nihayet ve nihayet ve nihayet bir bedene bürünüp karşıma dikilmiş olduğunu nihayet ve nihayet ve nihayet ve nihayet görebilmenin, kendime acıma duygumdan ayrılıp bağımsız bir mutluluğu ilan etmesi.

Kendime verdiğim ömürlük ceza böyle mi sona eriyor gerçekten? Mutluluk gözyaşları dedikleri şey bu mu? Öfke nihayet ve nihayet ve nihayet ve nihayet ve nihayet dışarı çıktığında kendimi ve kendime yaptığım şeyi mi görebiliyorum? Hırpalanıp, parçalanıp, yaralanıp yere atılmış olan kendimi savurduğum yerden yine ben mi kaldıracağım birazdan? Kendimin asla tatmin olmayacak değersizlik hissine bakıp, içimdeki boşluğu karşıma alıp ona şunu mu diyebileceğim sonunda: "Siktir git, ben gelmiyorum."

***

Güç aldığım dizlerimi yere bastırıyorum, avucumla yere basıp sol ayağımı öne atıyorum, işte böyle oluyor, sonunda ayağa kalkıyorum.

Duyuyorum bir yerlerden, sesleri geliyor, tellere vuran sesleri, akort yapmaya, enstrümanlarının boğazını temizlemeye çalışanları duyuyorum, onlar da bana eşlik etmek istiyor.

Öne doğru bir adım atıyorum, duyuyorum, arkada yaylılar çalıyor. Gülümsüyorum. Ağzım yırtılacak neredeyse gülümsemekten.

Şok içinde bana bakıyor, böyle mi gidiyorum?

Böyle gidiyorum. Kapanış jeneriği nerede akarsa aksın, hikâyenin tamamlanması gereken açık kapıları, ne vaat ediyor olursa olsun. Ben burada bitiriyorum. Diziyi ne kadar süre izlediğimin, bunca emeğin tatmin edici bir finale ulaşıp ulaşmamasının nihayet ve nihayet ve nihayet ve nihayet ve nihayet ve nihayet hiçbir önemi yok.

Yürüyorum, onu geçiyorum. Yanından geçerken bana doğru dönüyor, arkamdan bakıyor, biliyorum, görmüyorum. Bir şeyler söylüyor, eminim söylüyor. Duymuyorum.

Yalan söylemeyeceğim, en azından dönüp her şey için teşekkür etmek, beni -hasarlı şekillerde- ben yapan bazı şeyler için helalleşmek isterdim onunla ama ben bu şekilde bitirmeyi seçiyorum.

Arkamda yaylılar çalıyor. Biri bir filmde ya da dizide gururla yürüdüğünde çaldığı gibi. Hep hüzünlü şeyler çaldığını bildiğim yaylılar, ben gülümserken bambaşka duyuluyor. Sonunda hüzünlü şeyler çalmadıkları için mi gülümsüyorum, yoksa gülümseyebildiğim için mi hüzünlü şeyler çalmıyorlar?

Ben yürürken Yağız'ın arkamdan baktığını bir noktada yine görürüm, ne dediğini muhakkak bir gün bir şekilde duyarım. Reyhan Teyze'nin haberi gelir, neden onunla birlikte beni çağırdığını merak ederim, belki içten içe her şeyi yıllardır onun da bildiğini, veda etmeden önce bizi bir arada ve mutlu olma ihtimali içinde görmeyi istediği düşüncesini aklımdan geçiririm. Belki bunları söylemesine izin vermek için aradığı telefonu açarım. Belki bunların hiçbiri olmaz. Ama gerçekten hiçbirinin NİHAYET hiçbir önemi yok.

Ben burada, bu şekilde, bu haliyle bitiriyorum. Başka bir şeye dönüşmüş şekilde, başka bir yerde karşıma yeniden gelirse, bu yüzümü yırtan gülümsememi bulup çıkaracağım içimden bir yerden, biliyorum.

TAŞINABİLİR BİR AN

Tek başına bir bankta oturuyor ve çocuklarına sırtını dönmüş şekilde göğe bakıyordu bugün. Başını eğdiğinde önceki gece içtikleri ağzına gelecek gibiydi sanki. Karısından ayrılalı 118 gün 6 saat 24 dakika olmuştu. Karısından resmen boşanalı 8 gün 2 saat 47 dakika olmuştu. Karısını bu parkın gerisindeki taşlık yolda, freni sıkışmış bir araba durmaya çalışırken görmeyip ezeli 2 gün 20 saat 5 dakika olmuştu. 5 dakika olmuştu, 47 dakika olmuştu ve 4 saat olmuştu... Karısına âşık olalı 18 yıl 57 gün 38 dakika olmuştu. Bu numaraların her biri toplandığında ya da birbirinden çıkarıldığında kaç ediyordu? Kolunda karısının ona aldığı saate bakıyordu. Kaçırdığı her şeyi ona hatırlatan, taşınabilir bir anı gezdiriyordu kolunda. Düsseldorf'tan ayrılırken babasına benzemeyeceğine yemin edeli 30 yıl 7 ay 2 hafta 4 gün 8 saat 17 dakika ediyordu. Tıpkı babasına benzeyeli 47 yıl.

APTALLAR!

S*eni çok seviyorum* diyebildim sadece. Gözlerine baktım. Ağlamaklı, korku içinde ve düşündüğüm şeyin gerçekleşmeyeceği yakın geleceğe inancımı biraz kaybetmiş şekilde, *Seni çok seviyorum* diyebildim. Anladı, gözlerini kırptı yavaşça. Ben de seni seviyorum, demek istiyordu sanki ama bu cümle onun için fazla uzundu. Korkumu dindirmek istiyordu bakışlarıyla. Ne kadar güçlüydü. İki yıldır bu korkunç hastalığın her türlü rezil detayıyla uğraşmamış, defalarca mücadele etmemiş, defalarca yenilmemiş gibiydi. Tüm bunlara rağmen güçlüydü işte. Bense havaalanından buraya gelene kadar bile çok yorulmuştum.

***

İzmir'deki eve annem gelmişti ve arkadaşlarımın bebekleriyle dolu bir kahvaltı sofrasında, annemin yaptığı patatesli yumurtayı soluksuzca övüyorduk. Bebeklerin çok azı patatesi çiğneyebilecek dişe sahipti. Tüm dikkatleri bendeydi. Suratımı saçma sapan ifadelere büründürüp garip sesler çıkararak onları güldürüyordum. Eski moda bir yöntemdi ama kesinlikle işe yarıyordu.

Bebeklerle her zaman iyi anlaşırdım ama bu kez bir yıla sığdırılamayacak kadar üst üste kayıp yaşamış olmanın acısını, o bebeklerin yaşamdaki tazelik ve canlılıklarından çıkarırcasına, dev bir ilgi ve mesai ayırıyordum onlara. Her biriyle saatlerce saçma sapan şekillere girerek oynuyor, onlar sıkılana kadar güldükleri her saçma hareketi saatlerce sürdürüyordum.

Annemin yumpatı (bu isim yumurtalı patatese çok yakışıyor) eşliğinde sağa sola neşe saçarken Umut'tan gelen bir mesajla öğrendim kötüleştiğini.

"Murat selam. Sana da haber vereyim dedim. Durumu iyi değil. Doktor çok olumsuz konuşuyor."

***

Bütün o bebeklerin, tüm yaşam enerjisinin, neşeye dair elimde ne varsa hepsinin arasından sıyrılıp buz gibi bir odaya çekildim. Dışarıda hava kırk dört dereceydi. En yüksek ayardaki klima bir tek beynime üflemiyordu. Bedenim serin, beynim alev alevdi. Önceki kötü haberlerde de tam böyle olmuştu. Zihnimin her şeyi ve herkesi bir arada tutmayı başarabildiğim yeri, ani bir haberi kontrolsüzce veren bir mesajla darmadağın oluyordu. Bildiğim her şeyi unutuyordum sanki. Sahip olduğum her bilgi başka bir gerçeği ifade ediyordu ya da. Zihnimde her şey yer değiştiriyor ve beni nefessiz bırakıyordu.

Umut'u aradım.

"Ne durumda tam olarak?"

Sorulabilecek milyonlarca soru arasında en pratiği bu gibiydi.

"Kandaki oksijen seviyesi inanılmaz düşük. Satürasyonu yükseltmeye çalışıyorlar geceden beri. Eğer altmışın üstüne çıkarsa bir umut var diyorlar ama..."

Umut yoktu yani aslında. Bir tek bunu duyabiliyordum anlattıkları arasından. Çoğunu da dinlemiyordum zaten. Biri daha ölüyordu bu yıl. Kayıplar koleksiyonumun aile, sevgili, sevdiğim oyuncular, müzisyenler kategorileri arasında bir süredir boş kalmış olan arkadaş kategorisi de bu şekilde doldurulmaya çalışılıyordu belli ki, asla barışmayacağım bir irade tarafından.

Biri daha ölüyordu. Bunun doğru olmayabileceğine inanmak dışında çok az seçeneğim vardı. Bu seçeneğe sığındım.

***

İki yaz önce, çok sıcak bir Antalya gününde, lüks bir otelin buz gibi koridorlarından birinde, saçsız başına bağladığı bir eşarpla yanıma gelip gülümseyerek vermişti haberi bana.

"Kanser."

"Saçmalama. Ne alaka? Neden?"

"Ben de düşünüyorum bunu. Ne alaka gerçekten?"

"Hangi aşamada?"

"Haber vermek istediğim bir aşama."

Şimdi hastane odasında gözlerimi sakinleştiren gözleri, yatıştırıcı görevine yeni başlamış gibiydi o zaman. Yatıştırıyordu ama korkuyordu da. Her şeyle olduğu gibi hastalığıyla da dalga geçiyordu.

"Festival filmi kanseri gibi miyim yoksa bir komedi filminin üzücü giriş sahnesi gibi mi?"

"Bilmiyorum ama sonrasında komik bir şeyler olsun isterim şu an."

"O filmlerin çoğu giriş sahnesinden sonra da komik olamıyor."

"Biliyorum, sus."

Susmasını istemiyordum aslında. Kısacık bir sessizliğe bile dayanamıyordum. Şakalar kurtarıyordu bizi sadece. Ve ikimiz de kurtulmak istiyorduk.

"Tedaviyle ilgili bir konuya takılıyorum sadece."

"Nedir?"

"Kanseri yenersem artık emniyet şeridinden gidemeyecek miyim?"

"Hamileler için değil mi o ayrıcalık?"

"Saçmalama, herkesin ailesinde kanser var. Tetiklenen polis memurlarının ne kadar merhametli olduğunu tahmin edemezsin."

"Eylemlerde de aynı hassasiyeti görmek isteriz kendilerinden."

"Ona ben yetişemem herhalde."

"Sus be."

***

Hastane odasına beni kız kardeşi aldı. Gözlerinde ziyaret değil taziye karşılaması görürüm diye kaçırdım gözlerimi. Ama nereye kaçarsam kaçayım sessiz bir kabule geçildiğini görüyordum. Yumpatlı kahvaltı masasından buraya gelene kadar umut artık bir ihtimal olmaktan çıkmıştı.

Şimdi hastane yatağında, haberi verdiği günkü gücünden eser yoktu. Benim de yapacak bir şakam kalmamıştı. Kısacık da olsa bir kahkaha atabilecek gibi değildi. Konuşabilecek gibi de durmuyordu. Beni tam olarak duyuyor muydu, ağzımı açmaya kalksam söyleyeceğim herhangi bir şeyi anlayacak mıydı bilmiyordum. Kız kardeşinin gözlerine bakmayı bile göze aldım bunun için. Konuş, der gibi baktı o an. Gözlerim doldu çaresizlikten, oysa şimdi ağlamanın hiç sırası değildi. Toparlanmak için pencereden dışarı baktım. Gördüğüm tek şey, günlük hayatlarına devam edebilen insanlardı. Her birinden nefret ettim. Arkamı döndüm, ağzımı güçlükle açtım.

"Hiçbir şey kaçırmıyorsun bu arada. Dışarısı aşırı sıcak, millet zombi gibi hareket ediyor, herkes çok mutsuz."

Kriz anlarında açtığım harika konu başlıklarıyla ünlü değilimdir. Bu konu da kız kardeşinin gözlerinden onay alacak gibi durmuyordu, bakmadım o tarafa. Hastane yatağından gelen sese döndüm onun yerine.

"Aptallar!"

Tek kelimeyle tüm hayatta kalma isteğini açıklıyordu. *Aptallar*... Yaşadığı herhangi bir şeyin onları mutsuz edebileceğini düşünen binlerce aptal insanın varlığına karşılık, hastanedeki o yatakta yatmak zorunda ve yine her şeyle herkesten çok mücadele etmesi gereken o olmuştu.

Bu odada, dışarıda, hiçbir yerde adalet yoktu ve o, hayatta kalmayı hepimizden çok hak ediyordu. Eğer bu odadan yalnızca ben sağ çıkacaksam, bu beni ona karşı borçlu yapmayacak mıydı? Bundan sonra izlediğim her güzel filmi, yediğim her nefis yemeği, geçirdiğim her güzel günü onun yaşama sevgisine borçlu olmayacak mıydım?

Her halükârda hâlâ buradaydı. Bir saat sonra, bir gün sonra, bir yıl sonra ne olacağını bilmiyordum. Şu an karşımdaydı. Açabileceğim bir konu, yapabileceğim bir şaka yoktu. *Seni çok seviyorum* diyebiliyordum sadece. Hissediyor gibiydi sevgimi. İyileşecek gibi olmasa da bu kadarını biliyordu en azından.

Böyle vedalaşıyorduk ve bu sefer bizi kurtarabilecek kahkahalar yoktu.

BABAMI NASIL ÖLDÜRDÜM?

Yine bir havaalanında şimdi.

Okuduğu kitaptan kafasını kaldırıp karşıdaki, üzerinde dev bir banka logosu olan uçak körüğüyle göz göze geldi. Salinger'ın *Çavdar Tarlasındaki Çocuklar*'ını okumaktan, bu dördüncü seferdir, Holden Caulfield henüz evi terk etmeden soğuyordu. Tüm maceranın Holden'ın evi terk etmesiyle başlayacak olduğunu bilmesinden belki, Holden'ın korunaklı dünyasını terkine hazır hissetmiyordu kendini. Belki de bu kitap haddinden fazla abartılıyordu.

Yine kitabın sayfasına işaret koyup kapadı. Daha önce de aynı köşesinden üçgen şekilde defalarca katlanmış olan sayfa, adeta kendiyle vedalaşıldığının bilincindeymiş gibi kolayca katlanıyor, yırtılmamak için direniyordu. Okuduğu kitaplarda satır altları çizmek, renkli *post-it*'ler yapıştırmak, kapak sayfasına kitabın alındığı ya da okunduğu günün tarihini atmak gibi huyları yoktu. Hep aynı köşesi kıvrık bazı sayfaları da olmasa kitapların üzerinde kendine dair tek bir iz bırakmazdı. Hayatta hiçbir iz bırakmama arzusunu, mümkün olabilen tek şekilde gerçekleştirebilmenin yolunu bulmuştu. Kendine ait fikirlerin kütüphanesinde kapladığı yer, varlığının hayatta kapladığı yerden farksızdı ona göre.

***

Çantasından, az önce bantta, tek başına bir plastik kap içinde *x-ray*'den geçen dizüstü bilgisayarını çıkardı. Kalan yüzde on yedi şarjının tamamını yazacaklarına ayırmaya karar verdi. Genellikle havaalanına gelmeden önce bilgisayarının bataryasının tamamen dolu olmasına özen gösterirdi aslında. Bu defa neden havaalanına bu kadar az şarjla geldiğini hatırlayamadı. Sonra önceki gece bilgisayarında izlediği pornoları hatırladı.

Normalde onu çok kısa sürede boşaltabilecek kategorileri ziyaret etmesine rağmen uzun bir süre boşalamamıştı. Üvey babayı baştan çıkarma temalı onlarca video kesiti bu kez mucizevi şekilde işe yaramamış, sonunda yarım yamalak, coşkusuz bir rahatlamayla yetinmek zorunda kalmıştı. Gerçek bir orgazm yerine, karnındaki cılız menilere bakıp yaşadığı mecburi hizmetin kalıntılarıyla göz göze gelmişti. Karnındaki bu göreve hazır askerler, başka bir karnı şişirebilecek şekilde yumurtalık döllemek yerine, silindikleri peçeteyle klozetin dibini boylayacaktı. Üvey babalı pornoların veremediği hazzı, birinin öz babası olmakla da alamayacaktı.

Uyumak için kendine bir neden yaratmak adına yaptığı mastürbasyon, çıkacağı yolculuğun stresini yansıtan paralel bir tecrübe yaratmaktan öteye gidememişti. Belki de kendine bu kadar yüklenmek için erkendi. Babasını yeni kaybetmişken cinsel açıdan uyarılmakla ilgili problem yaşaması normaldi. Belki de hayatının bundan önceki sürecinde işleyen hemen her şeyin o sırada işlememesinin olağan bir tarafı vardı. Karnındaki spermlerinin işlevsizliği için de geçerli bir neden bulmuştu şimdilik.

Şimdi şarjı yüzde on dörtteydi ve hâlâ üç kelimeden fazlasını yazamamıştı. Bu üç kelimenin tamamı gelişigüzel dizilmiş ve onu başlangıç yapmaya zorlanmaktan uzak tutmak için sayfanın üstüne yerleştirilmişti. Aklındakileri kastetmeyen üç kelimeye baktı:

"Babamı Nasıl Öldürdüm?"

Hayalinde gerçek kılamadığı için her zamanki heyecanı vermeyen üvey baba pornoları kadar uzaktı, attığı bu başlığa. Yazacağı öyküye başlığını yazarak girişmek de nereden baksa samimiyetsiz bulduğu bir hareketti. Babasını öldüreni *kendi* olarak seçtiği bir fantezinin ona güç vereceği bir yolculuğa çıktığına inanmak istemiyordu belki de. İnanmadığı diğer fanteziler gibi bu da haz vermekten çok bilgisayarının şarjından yiyordu.

Bir süre sonra uçak havalandı.

Bir süre sonra uçak indi.

Bir süre sonra bir başka havaalanında bir başka uçak havalandı.

Bir süre sonra o uçak da indi.

***

Önceki gün babasının ölüm haberini alıp gittiği şehirde bir otel odasına yerleşmiş ve babasının oturduğu evin kapısında, içeri giremeyeceğini fark edince içinde oturmaya devam ettiği taksiyle oteline geri dönmüştü. Bir saat önce aynı taksi onu havaalanına bırakmıştı. Bindiği uçak onu yaşadığı şehre geri getirmişti.

Babasının kapısının önünden kaçıncı dönüşü olduğunu hesaplamaya çalıştı. Neden içeri giremediğini bulmaya çalıştı. Neden bir fantezi dahi olsa babasını öldürenin kendisi olması ona birkaç saniyeliğine iyi geldiğini düşünmeye çalıştı.

Babasının kapısını çalabilseydi, karşısında tüm ihmallerinin bir anıtı gibi durabilseydi hayatındaki yegâne gücü elinden alınmış olacaktı belki de. Ortaokul ikinci sınıfı tekrar okuyacak, Ayşegül bu kez haklı çıkacaktı. Annesinin günlükleri daha etkisiz kalacak, favori porno kategorileri daha alt sıralara düşecekti.

Vedalaşamadığı babası ve gidemediği bir cenazeyle başkalarının yüzleri üzerinden izleyeceği bir acıyı takip etmektense uçağın körüğüne ilan vermiş bankanın ismine bakıp dizüstü bilgisayarının *Word* sayfası üzerine şunları yazdı:

"Yine yapamadın baba."

KIZGIN ŞEYLERİN ALTINDA

Nefes alamayacak kadar kötü olunan anları, içinden çıkılabilir hale getiren ruhlar var. Felaket zamanlarında onlara sığınıyoruz. Bilerek ya da bilmeyerek. Hayatı karşılama biçimi hepimizden farklı, yola devam etmek için bir neden daha sunan ruhlar. Yalnızca, bu hayatta onlar da var işte, diyebildiğimiz için bizi canlı hissettiren ruhlar.

Ruhun sonsuza dek yaşadığı bilgisi, geçen bir yılı nefes alınabilir hale getiren tek şey. Çünkü Mustafa kocaman, çok güzel bir ruh ve var olmaya devam etmek için bir bedene ihtiyacı asla yok. Hepimizin aynısı ve her birimizden farklı bir ruh onunki... Bize bulaşıp gitti.

Bedenini Mersin'de kaynayan bir toprağın altına koyduk, üstünü ezbere bir görevle örtüp İstanbul'a döndük. Evindeki her şeyi kolilere doldurduk, bir sürü eşyayı onunla ilişkilendirip anlamlarını sonsuza kadar kilitledik. Çünkü eşyaların sonu geldi ve bunun da hiçbir önemi yok. Ruhunu alıp her yerde gezdirip duruyoruz. Ve hiç ağır gelmiyor Mustafa.

Sadece, yani tek diyebileceğim, her zaman o kadar güzeldi ki insanın kalbi kırılmadan edemiyor onu düşünürken.

***

Sevgili Mustafa,

Kalbin durmaya karar vermeden önceki aylarda çalıştığın dergi, seni anlatan bir yazı yazmamı istedi benden. Her şeyden önce, çok sevdiğim birinin ardından onu tanımlayabilecek cümlelerim olduğunu düşünmelerine bozuldum. Gitmeni sindirmem, artık burada olmadığını ve bunun ardından gelen yeni bir şeyi hazmetmem ve o yeni şeyin içine senden bazı parçalar iliştirmem istendi. Sen burada yokken arkandan geniş geniş konuşacağım yani. Sen burada yokken arkandan geniş geniş konuşacağım ve beş dakika sonra seni arayıp arkandan konuştuklarımı bir de sana anlatıp birlikte gülmeyeceğiz yani. Senin o cümleler hakkında ne düşündüğünü öğrenemeyeceğim. Seni, hakkında kurduğum cümlelerle kışkırtamayacağım. Bana yeni cümleler vermeni, o malzemeleri yine sensiz alanlarda kullanmamı sağlayamayacaksın.

Bir final olmuş, bir şeylerin sonu gelmiş gibi konuşacağım. Sen devam etmiyormuşsun gibi konuşacağım. A noktasından B noktasına varmışsın ve işlem burada son bulmuş gibi, x, y ve z'nin karşılıkları elimdeymiş gibi, bitmiş bir sınavın notlarını okur gibi konuşacağım.

Yazmaya çalıştım, denedim seni bir şeylere benzetmeyi, tanımlamayı. Yine de her denememde beni nefessiz bırakan bir yere varıp onun başında nöbet tutmaktan kendimi alamadım. Seni orada, o kızgın toprağın altında bırakıp döndüğümüz gerçeğini atlatamadım. Sen orada yatarken yazıyorum bunları. Doğru kelimeler filan seçmeye çalışıyorum. Sana yaptığımız şey doğruymuş gibi. Seni orada bırakıp gitmek doğruymuş gibi. Seni çırılçıplak şekilde orada bırakıp gidebildikten sonra kelimelerin üstüne bir sürü anlam giydirip birilerinin önüne doğru itebilmeyi nasıl bececeğim? Neden becereceğim? Bununla nasıl yaşayacağım?

Kalbin durmaya karar vermeden önceki aylarda çalıştığın derginin editörü hatırlatma mesajı attı yine. Senin üzerindeki toprak akşama doğru bile serinlemeyi başaramıyorken, benim bunu yazmayı başarmam gerekiyor.

***

Birlikte sürekli yeni bir şey öğreneceğimiz, birbirimize bir şeyler anlatacağımız, tek başımıza keşfettiğimiz için hava atacağımız şeylerle dolu bir hayatta olmak da vardı. Ama yine de hiçbir şey kaçırmadı Mıstıkçım. Her şey daha da boktan bir hale geldi zaten. O yine sevecek bir şeyler bulurdu ama sevilecek şeyler cidden çok azaldı burada. Kimsenin sevmek ya da kabul etmek gibi bir derdi kalmadı. Yani benim ona anlatacağım, onun kaçırdığı çok bir şey yok maalesef. Ama onun anlatacakları bitmiyor hâlâ. İnanılmaz bir biçimde şaşırtmaya devam ediyor. Bir anda gidebilmeyi, artık olmamayı, bir yerlere gömülüp orada kalabilmeyi anlatıp duruyor.

Hayatı boyunca didaktizmden nefret etmiş, ondan boğulmuş, ihtimaline uğramaktan kaçmış birinin ölerek bu kadar öğretici bir tecrübe yaşatması şaşkınlık verici. Evindeki bir kitabın içinden çıkan, kitaptaki bir bölümden etkilenerek yazdıkları şaşkınlık verici. Kendine ait dünyasından paylaştıklarının paylaşma potansiyelinden çok daha az olması şaşkınlık verici. Bu kadar bonkör birinin, vakti gelince vermek üzere ayırdıklarıyla birlikte gidip bir daha dönmeyecek olması şaşkınlık verici.

Ben ona ancak geride kalmayı filan anlatabilirim. O bir türlü geride bırakılamayan ruhuyla geride kalmanın ne demek olduğunu anlamakta güçlük çekecek muhakkak. Hep bir tık daha bilgeydi zaten ve bu beni hâlâ sinir etmeye devam ediyor. Hayatta değilken bile acayip iyi durumda!

***

Mıstıkçığım,

Ardından yazmaya çalıştığım yazıda biraz ilerleyebildim. Mezarın etrafından nihayet biraz uzaklaşabildim. Sana kızmanın bir yolunu buldum çünkü. Sahip olduğun ve içten içe kıskandığım bazı özelliklerine odaklandım. O anlarda canlandın yeniden. Tüm o hayranlık uyandırıcı özelliklerinle karşımda belirdin ve bilgece baktın sanki suratıma. Sahip olduklarına sahip olmayı istediğim için, bende haset gibi asla kendime yakıştıramadığım bir duyguyu da cebime koyup beni kendinden biraz uzağa gönderdiğin için sana kızmayı başardım.

Sana kızmayı başardıktan sonra senin de kızgın bir şeyin altında yatıyor olman anlamlı gelmeye başladı bir süreliğine. Yaşarken de kızgın şeylerin altına koymuşum seni. Sana, senin suçlusu olmadığın duyguların közünü atmakta bir beis görmemişim. Terapide sahip olduğum öfkeyi kendime yansıtmamaya filan çalışıyorum bir de boş boş. Çoktan senin üzerinde toplamışım bile o öfkeyi. Yazıyı da tamamlamayı başarmamı sağlayacak bu öfke. Sana kızarak sana veda edebilmenin bir yolunu bulacağım. Görürsün.

***

Anlattığım her yeni şeyi önceden biliyor ama hevesimi kırmamak için yeniden öğreniyor gibiydi genelde. Bilgiyi, ona sahip olmanın mahcubiyetiyle birlikte sahiplenen biriydi. Çok bildiği açığa çıkarsa, yeni öğrenenlere ayıp edeceğini düşünen bir yanı vardı. Yüzünde hep bunu görürken, diğer yandan öğrendiğim yeni bir şeyi onunla paylaşmaktan da çekinmedim. Herhangi bir şeyi benden duymayı, o bilginin bendeki varlığını yeni ve heyecan verici bir şey gibi karşılayabilmesinin kıymetini bilemedim yeterince.

***

Mıstık,

Sana kızarak topladığım güç dağıldı bugün. Öfke yine kendime döndü. Ne yapıp edip çelik aynayı basıverdin suratımın ortasına. Koca bir günü, tek bir paragraf yazıp onun altında kalarak geçirdim. Bıraktım yazıyı, yazmayacağım.

Üniversite birinci sınıfın ilk dersinde, koca bir sınıfa tek tek adını soyadını ve neden İstanbul Üniversitesi'nde felsefe okumaya karar verdiğini sorup yaklaşık üç yüz kişiden yanıt bekleyen o hocayı hatırlıyorum. Sıra sana gelene kadar ağzını açan herkese nasıl göz devirdiğimi de elbette. Liseden hiç mezun olmamışım gibi hissettiğim uzun ve geçmek bilmeyen dakikalardı. Sonra söz sırası sana geldi ve söylemek için hazırladığım neredeyse tüm cümlelerin ağzından dökülüşüne şahit oldum. Tabii ki sende, bendekinden farklı olarak kırık bir Anadolu aksanı sarmalıyordu cümleleri. Mersin, Anadolu'dan sayılır mı diye düşünüyorum şimdi.

Sen ben çıktıktan sonra sıra bana gelince ne söyleyeceğimi düşünmek zorunda kaldım kalan zamanda. Şu kıvırcık saçlı, koca kafalı ve eğer Mersin Anadolu sayılırsa Anadolu aksanlı çocuk ben çıktı, o nedenle söyleyecek yeni bir sözüm yok *deyip yanımdakinin boş beleş cümlelerine dönmek zorunda bırakılacaktım. İnan şu anda bile düşünmeme rağmen, neden İstanbul Üniversitesi'nde felsefe okumaya karar verdiğime dair söylediklerimi hatırlamıyorum. Şunu hatırlıyorum ama: O dersin sonunda koridordaki panolardan birine bakıp herhangi bir konuda yolunu bulmaya çalışırken yanına yaklaşıp seninle tanışmaya karar verdim. O dönem tanımadığım insanlarla sosyalleşmek üzere konuşabildiğim tek konunun ortak paydamız da olması hayat kurtardı. Ayaküstü sinema muhabbeti yapıp okulun, özelleştirilmesi konusunda mucizevi bir biçimde o gün eylem yapılmıyor olan kantininden çok kötü birer granül kahve alıp biraz ilerideki Hergele*

Meydanı'na doğru yürüdük. Her tarafı mermerden oluşan bu tuhaf, genişçe boşluğun hergelelik ya da meydan olmakla pek de ilgisi yok gibiydi.

O gün ve sonrasında saatlerce sinema konuştuk. Filmlere duyduğumuz tutkuyu. Bir sürü filme gittik. Birbirimizin evlerinde bir sürü film izledik. Bunlar üzerine yazılar yazıp birbirimize yolladık. Birlikte bir sürü festival çizelgesi işaretleyip yanına nokta koyduğumuz seansların hepsini yakalamanın bir yolunu bulduk.

Birlikte bir sürü şeyin yolunu bulduk. Seni kafan karışmış şekilde o panoya bakarken bulduğumdan beri doğru ya da yanlış bir sürü yolda yalnız bırakmamaya çalıştım seni. Bazen bile isteye yalnız bıraktığım da oldu. Yalnızlıklarımızdan da birbirimizin yanına getirdiklerimiz oldu. İkimizin de kafasının çok karışık olduğu dönemler, ne istediğimizi, ne sevdiğimizi, neye doğru gitmek istediğimizi zar zor itiraf edebildiği zamanlar oldu. Çok güzel zamanlar ve çok karanlık zamanlar.

Seni yanımda sürüklediğim bir başka festivalde her noktasında kan damlaları olan otel odana girip birkaç özel eşyanı alıp hastaneye getirdiğim geceye kadar pek çok şey harikaydı. Kan öksürme işinin filmlerdekinden daha gerçek olduğunu öğretme işi sendeydi o gece. Beni çok korkuttun ve sadece çocukluktaki bir hastalığın sandığımız şeyin yetişkinlikte de seni sınamasına tanıklık ettik birkaç ay.

Hastanelerde takılmak senlik bir şey değildi. Birkaç ay sonra hak ettiğin bir tatile çıktığında ben yine bir festival için yoğun şekilde çalışıyordum. Birkaç ay sonra senin de işinin bir parçası olacak o festival için.

İkimiz de çocukluğumuzdan getirdiğimiz şeylerin bizi yetişkinken sınadığı noktaları başarıyla geçiyorduk. Sen bu hastalık konusunda yetersiz kaldın Mıstıkçım. Bu noktada, hayatta kalabilmek için seni suçlamak zorundayım. Hastaneleri sevmediğini biliyorum ama o tatilden kalbin durmadan dönmenin bir yolunu bulabilirdin. Birlikte ve ayrı ayrı bulduğumuz o kadar yol vardı sonuçta. Hiçbiri mi kalbinin durmadığı bir yere çıkmadı?

***

Mustafa'yı kaybettikten hemen sonra, arkasından bir yazı yazamayacağımı editörüne kibar bir dilde anlatmaya çalıştıktan on yıl sonra, aynı dergide bu kez onuncu ölüm yıldönümünde bu yazıyı yazmaya başlıyorum. O dönem kurmayı kendime yediremediğim süslü cümlelerle mesafem kısaldığı için mi, onun hayalleriyle birlikte senkronize şekilde havaya karışan hayallerimin bir ucundan tutabilmeyi artık başarabildim diye mi bilmiyorum.

Konuşmaları içindeki edebi sözcükleri seçip dalga geçtiğim Mustafa, inanılmaz bir biçimde arkasından sadece özenilmiş cümleler kurdurabiliyor. Bununla epey alay ederdi bence. Antalya Film Festivali'nin açılış töreninde fotoğrafının Memduh Ün, Zeki Alasya, Sümer Tilmaç gibi isimlerin arasından geçmesine de gülerdi eminim.

O neler çekecekti acaba? Hangi filmleri ve ne gibi acıları çekecekti? Hangi yollardan geçecek, o yollar nereye varacaktı?

Birkaç yıl önce evini toplarken herkes ondan hatıra bir iki küçük eşya aldı yanına. Ben sevdiği bir kitabını ve bazılarına birlikte gittiğimiz filmlerin de işaretlendiği bir festival çizelgesini aldım. Kitabın yazarı *#MeToo*'landı, çizelgeler artık kâğıda basılmıyor ve ben öfkemi ne hak etmeyen birine ne de hak etmediğim şekillerde kendime yansıtmamayı öğrendim. Bütün bunlarla beraber Mustafa on yıldır yirmi altı yaşında. Yine, muhtemelen sonradan öğreneceğimiz bir şeyin bilgisini, bizim tecrübemizle beraber yeni öğrenmiş gibi yapmak üzere saklıyor.

Kızgın değilim. Ama Mersin'de yazları toprağın neredeyse kırmızı renkte olması fikri hâlâ kalbimi paramparça etmenin bir yolunu buluyor.

SABAHIN
ÖLÜMÜ

Öncelikle suçlamalarının büyük bir kısmına katılmıyorum. Anlatmaya nereden başlayacağımı dahi bilemedim bu yüzden. Her zamanki gibi o kadar zalim ve o kadar tek boyutlusun ki zaten tonlarca şey anlatsam da herhangi biri herhangi bir işe yarar mı emin değilim.

Nefes aldırmayan ve sonu gelmeyen nehir öfkende sanırım beni en yaralayan kısım Sabah'la ilgili anlattığın barınak hikâyesi. En basit anlamıyla söylemem gerekirse, anlattıklarının tek kelimesi bile doğru değil.

Defalarca açıkladığım gibi, Sabah'ın yalnızca iki günlüğüne kaldığı ve kesinlikle senin tarif ettiğin gibi bir sokak köpeği hapishanesine dönüşmüş barınakları andırmayan, aksine beş yıldızlı bir köpek oteli olan o yerde Sabah'a son derece iyi bakıldı.

Olup bitenler yine defalarca açıkladığım gibi o dönemden sonra sana geri döndükten bir ya da birkaç hafta sonra senin muhtemel bir ihmalin sonucu oluştu. Tıpkı daha önce yaptığın gibi yine çok yüksek ihtimalle "yanlışlıkla" açık bıraktığın apartman kapısından içeri giren Terör'ün Sabah'a saldırması ve senin bunu her zamanki gibi birkaç gün sonra fark etmen ve yaranın iltihap kapması ve sonra olanlar.

Sabah'ı köpek otelinden aldığımda senin de gayet iyi bildiğin gibi vücudunda tek bir çizik dahi yoktu. Aksine elbette sahiplerini özlemiş ama arkadaşlarıyla son derece iyi vakit geçirmiş bir köpek kucakladım ben o gün. Hiçbir yerinde ne bir yaraya ne de bir potansiyel iltihaba rastlamıştım.

Daha sonra veterinerin de söylediği gibi, Sabah'ın iltihabı bir haftadan uzun süreli bir yaranın eseri değil, birkaç günlük bir yaralanmanın sonucunda oluşmuş ve fark edilmediği için büyümüş bir sorunun parçasıydı. O sırada sözümü kesmekle, feryat ederek beni suçlamakla meşgul olduğun için duymadığın detaylardan biriydi bu.

Canımı sıkan şeylerden biri de bu anlattıkların doğru olsa bile, ilişkimizin finalini Sabah'ın kaybına bağlaman, ilişkimizden geriye üzerine sonsuza kadar konuşulup didiklenecek dev bir ölü köpeğin kalmış olması.

Kendine ya da içinde bulunduğun ilişkiye dair tek bir özeleştirinin dahi olmaması ve Sabah'ın kucağımızda bir bomba gibi kalmış olması akıl almaz çocuksu bir bencilliğin ürünü.

İlişkimizin son bir yılında tutmaya başladığım, yalnızca sana olan öfkemi yansıttığım bir günlük var. Hatta muhtemelen defalarca gördüğün, belki de bilinçdışı bir yakalanma gayretiyle daima görebileceğin yerlerde tuttuğum siyah deri kapaklı bir deftere, sana her kızdığımda bir şeyler yazdım. Her ihmalinde, her düşüncesizliğinde, her yokluğunda öfke dolu satırlar var orada.

Tüm öfkemi akıttığım sayfaları bir daha dönüp okuma isteği duymamıştım çok uzun zamandır ama geçen gün üşenmeyip başına oturdum ve yazdığım her şeyi okudum, yaptığın her şeyi hatırladım.

Bütün pandemi süreci boyunca dilinden düşürmediğin, ilk fırsatta gitmek için hayaller kurduğun, her saniye bana birlikte olmadığımız o şehirde ne kadar mutlu ve rahat anlarının olduğunu anlattığın Roma'ya nasıl habersizce gittiğini ve bunu gittiğinin ikinci günü utana sıkıla itiraf ettiğini, o sırada benim de bir iş için İzmir'de olduğumu nasıl bahane edebildiğini hatırladım.

- İlişkimizin ilk altı ayından sonra sırf bir gece yatakta fazla kıpırdandım diye, seks yapmadığımız ve senin ertesi sabah işinin olduğu gecelerde ayrı yataklarda yatmanın nasıl sorgulanmaz bir gelenek olduğunu hatırladım.
- 6 Şubat depremi haftasını ağlayarak ve insanlara yardımcı olmaya çalışarak, uykusuz ve yorgun şekilde geçirirken senin "Burada boğuluyorum," diyerek yine Roma'ya kaçabildiğini hatırladım.
- Bir sabah uyandığımda korkunç şekilde başım dönmeye başlayınca bana "Yataktan birdenbire kalktın diyedir," demen ve sonrasında baş dönmem devam edince doktora gitmeye kalkmamdan dolayı benimle nasıl dalga geçtiğini, doktorun boyun vertigosu teşhisi koyup bana bir hafta boyunca takmam için boyunluk vermesini ne kadar gülünç bulduğunu hatırladım.
- Hiçbir acıma, hiçbir duyguma saygı duymadığını, bu ilişkide duygusal açıdan bir adalet olmadığını söylediğimde de beni inanılmaz bir biçimde bencillikle suçlayabildiğini hatırladım.
- Gerçekten ne durumda olduğumu merak ettiğin için değil, sadece merak eden biri gibi görünme gayretiyle bana rasgele attığın "Nasılsın?" mesajlarını hatırladım.

- Ayrı olduğumuz süre boyunca babana gerçek insanlar gibi gerçek sorunlar yaşayabileceğimizi söylemeye cesaret edemediğin için nasıl benim bu aralar çok yoğun olduğumu söylediğini, bana beş ay sonra ilk kez birbirimizi gördüğümüz alışveriş merkezinde gülümseyerek anlattığını hatırladım.
- Beş ay sonra ilk kez birbirimizi gördüğümüz alışveriş merkezinde elindeki torbalardaki kıyafetlerle kabinde çektiğin fotoğrafları gösterip gideceğin etkinliğe hangisinin daha uygun olacağını bana sorduğunu hatırladım.
- Beş ay sonra ilk kez birbirimizi gördüğümüz alışveriş merkezinde, karşılaştığımız ilk an bana herhangi bir günde gördüğün herhangi biri gibi "Canımmm" diyerek sarıldığını hatırladım.
- Bana beş ay sonra ilk kez nasıl sarıldığını hatırladım.
- Bana yatakta nasıl sarıldığını da hatırladım.
- Bana sarıldığını hatırladım.

Tüm bunları ve daha onlarca başka örneği konuşmak ve hepsiyle birden yüzleşebilmek yerine Sabah'ın, ölen oğlumuzun boşluğunu, onu kaybedişimizin ihmalini, tüm sorunlarımızın biricik simgesini üzerime olduğu gibi bırakıp bu işin içinden bu kadar kolay sıyrılıp gidebileceğini düşünmen o kadar sen ki.

Bu ilişkinde bir türlü yapamadığın ama bana sorarsan artık başka bir ihtimalin mümkün olmadığı olgunlaşma, kendine bakabilme, kendi sorunlarını fark edip sorumluluk alabilme özelliklerinin hemen her yetişkin gibi senin tarafından da sahiplenilebilmesi gününün bir an önce gelmesi dışında tek bir temennim yok. Umarım kendini şifalandırmanın bir yolunu bulur ve bundan kurtulursun.

KESİK
YEŞİL
ÇİMEN

10/1
10
C

Asla yenemediğim bir öfke var içimde. Güzel şeylere sarılı ama yine de içi yoz bir öfke. Annemi tutamadığım için kendime öfkeliyim. Biliyorum, onu ben öldürmedim. Bu ölümün sorumlusu değilim. Kızılacak hiçbir şey yapmadım. Ama yine de çok öfkeliyim. Yenemiyorum bunu. Aklıma her geldiğinde deliye dönüyorum. Burnumun ucunda, yüzümün hemen yanında, avucumun biraz ilerisinde dururken nasıl tutamadım onu.

Yine bir hastane odasındayım. Uyutulan karımı arkama alıp yüzümü pencereye dönüyorum. Bahçede uzanıp giden çimenlere bakıyorum. Yeni yolunmuş, köklerine korkuyla tutunmuş, gözümü kapadığım an kokusunu duyduğum çimenlere. Tekrar tekrar açıp okumaktan yıpranmış, kenarları ezilmiş, kat izlerindeki harfler silinmeye yüz tutmuş mektubun kokuyor.

Şöyle yazmışsın:

Sevgili oğlum,

Seni ne kadar sevdiğimi hep hatırlamanı istiyorum ve bunun seninle ilgili olmadığını. Çok uğraştın, elinden gelenin fazlasını yaptın, kendini parçaladın. Ama benden bu kadar. Tüm bu süreci anlatırken bile senin neler yapmış olduğundan bahsediyorum, bak. Senin bu kadar yorulmanı izlemek istemiyorum. Bundan fazlasını yapamıyorum. Bundan daha iyisini de.

Bahçemizdeki uzun çimenleri koparıp elimde biriktiriyordun. Henüz yeni yürümeye başlamıştın. Paytak paytak yürüyor, kimi zaman düşüyor ama hemen hiçbir şey olmamış gibi doğrulup yeniden yürüyor, kopardığın çimenleri avucumun içine bırakıp yeniden görev alanına dönüyordun.

İlkokul zamanı, okul çıkışı misafirlikte olduğum komşu evlerine geliyor, önlüğünün yakasını dahi çıkarmadan sana ikram edilen şekerin ambalajını soyuyor, şekeri ağzına atıyor, ambalajını getirip avucumun içine koyuyordun.

Bu sabaha karşı uyanıp nefes alamadığımı fark ettiğinde panikle uyandın. Yastığımı doğrulttun. Olmadı. Panikten titreyen ellerinle, yarısını yere döktüğün suyu ağzıma dayadın. Olmadı. Sonra ilaç geldi aklına. Baş

ucumda duran kutuyu kaptın. Kapsülü çıkardın. Avucuma koymadın. Olmadı. Ağzımı aralayıp içine tıktın, suyla boğazıma ittin. Hapı avucuma koymadın. Hapı kendi başıma ağzıma götüremedim. Olmadı.

Yıllar içinde avucumun içinde biriktirdiğin onca şeyi düşünüyorum. Yan yana getirdiğin, bir arada tuttuğun, koruduğun, sakladığın avucumun içinden her şeyi toplayıp yerli yerine koyduğun hayatını düşünüyorum. Benim için kendi avucunda toplamaya başladıklarını düşünüyorum. Onca şey arasından sadece birkaç hapı bile yutmayı başaramıyorum artık. Senin için hiçbir şeyi tutamıyorum. Yalnızca çaresizliğini izleyebiliyorum ve artık bunu görmeye de dayanamıyorum.

Şimdi bunu yaparak, seni kurtaramadığımı da biliyorum. Sadece ikimizin de acısını bitirebilecek gücü bulabiliyorum. Avucumda sadece bu var artık. Şimdi avucumu yüzünde gezdiriyorum, kokunu burnuma tutuyorum, hâlâ çimen kokuyor avucumun içi. Senin yapamadığını yapıyor ve seni benden kurtarıyorum.

Her zaman harika bir evlat oldun. Her şey için teşekkür ederim. Seni ne kadar sevdiğimi hep hatırlamanı istiyorum. Sadece bunu hatırlamanı istiyorum. Seni çok seviyorum.

Annen.

Sırtımı pencereye dönüyorum. Gözümden akmak üzere olan yaşları, çattığım kaşlarımla süzüyorum. Hırkamın kollarını alışık olduğu tuzlu neme buluyorum. Çocukken de böyle öfkeyle ağlardım ve ağladığım için daha da öfkelenirdim. Beni yapamadığım şeyler çok ağlatıyor. Şimdi artık yapamayacağım şeyler de.

Kimsenin avucunda bir şey biriktiresim gelmiyor. Hiçbir şeyi tutamıyorum. Kendi çocuğumun elinden bile, elimi bırakıp gitsin istiyorum. Günün birinde bırakmaktan korktuğum için, beni tutamayacağını hissetmesin diye çoğunlukla hiç tutmuyorum elini. O da avucuma hiçbir şey koymuyor. Doğduğundan beri şekerin tadını bilmedi, hiçbir misafirlikte avucuma şeker ambalajı saklamıyor. Çimenlere uzaktan bakıyor, üzerine basmıyor, eliyle tutup var gücüyle çekmiyor. Kesik çimenin yeşil lekesini parmaklarında hiç görmedi.

Annesinin hastane odasında olup bitenleri anlamaya çalışıyor şimdi o da. Anne uyanınca ona resimlerini gösterecekmiş. Bir ev çizmiş, yanında bir ağaç var. Ağacın kökünü de, etrafını da kahverengiye boyamış. Evin bahçesi kahverengi. Hiç çimen yok. Yine de nasıl kokusu burnuma geliyor peki?

BİSİKLETİN GİDEBİLDİĞİ

Belki de tam otuz, otuz beş yıldır duruyordu bunlar içimde. Ancak şimdi dışarıya çıkarabilmeyi başarıyorum. Bu kadar zor ve ağır olabileceğine dair bir fikrim yoktu. Bilmiyorum girişir miydim, böyle olacağını bilseydim.

Güçlü kalmaya çalışmak o kadar zor ki. Bence güçlü olmaktan daha zor. Güçlü olmak, bisikletin kendi kendine gidebilmesi gibi neredeyse. Sen üzerinde olmasan da gidebilen bir bisiklet - sabit değil. Güçlü kalmaya çalışmak ise o bisikleti yönetmeyi öğrenirken üzerinden düşülen her sefer gibi. Havadayken yaşanan o düşme korkusu gibi. Düşülen anda çizilen, acıyan, kanayan yerler gibi.

Neden şimdi, neden birkaç yıl önce, on beş yıl önce filan değil de şimdi? Bilmiyorum. Tahammülüm bitti belki. Güçlü olabilmeyi öğrenmeye çalışmayı bıraktım belki. İhtimallerin hepsi azalarak yok oldu belki. Sonunda yok oldu. Bu kadar rahatlayacağımı tahmin etmezdim ama oldu.

Evet şimdi. Neden bilmiyorum ama bisikletin nasıl gittiği, gidip gitmediği, üzerinde olmam ya da olmamam, hiçbirinin bir anlamı kalmadı sonunda. Bu hiç olmaz sanıyordum ama oldu. Teşekkür ederim her şeye rağmen.

CİNNET
FAİLİ

Benden önce kendi boğazını kesmesini tercih ederdim açıkçası. Böyle cinnet anlarında olay sıralaması pek çoğumuzun hayal ettiği gibi gitmiyor. Fail tüm ailesini katlettiği silahını önce kendine doğrultsa daha az fail olmaz ama daha az insan ölebilir en azından. Yine de çoğu bu son derece basit özenden bile yoksun.

Murat da ilk olarak kendi boğazını tercih etmeyenlerdendi. Birini öldürme fikri, birini bıçaklama fikri, birinin boğazına bıçak sokma fikri nasıl aklına geldi, bu sırada bir akıldan söz edebilir miyiz ya da bundan önce de bir aklın varlığına dair elimizdeki işaretler neydi bilmiyorum. Beni öldürmek üzere boğazımı kesmeye çalışan biri vardı yalnızca karşımda.

Cinnet kelimesinin eş anlamlıları için "çılgınlık" ve "delilik" diyor sözlük. Çılgınlığı birinin ölümüyle sonuçlanan bir olaya yakıştırmamıştım hiç. Olumsuz sonuçlanan çılgınlıklar moral bozucu ve motivasyon kırıcı gelir bana. Ne bileyim, gençlere sık sık bolca çılgınlık yapmaları öğütlenir mesela. Murat'a da bir abisi muhakkak önermiştir bir çılgınlık yapmasını. O çılgınlıklar yaptıkça onay görmüş, alttan alınmış, daha da sabredilmiştir eminim. Ayhan Baba'nın sonsuz bir toleransı var gibiydi örneğin Murat'ın çılgınlıklarına.

Delilik desen, o da Murat'ta bolca destek gören bir özellikti. Ayhan Baba'nın sesi kulağımda: "Ne var kızım işte, yapmış bir delilik. Alttan alıver sen de." Alttan alınan delilikler, çılgınlıklar, Murat'ı hoş görmeye çok hazır bir sürü bağışlayıcı, çılgınlaştıkça artan haklılığı, delirdikçe çoğalttığı korku, korkuttukça zorla aldığı şartsız onay ve nihayetinde bir bıçağı bir insanın boğazına saplayabilme hakkını kendinde görebilme gücü.

"Ayhan Baba ne diyorsunuz boğazımdaki deliğe?"

"Olur kızım öyle evlilikte."

"Çok kan akıyor ama."

"Korkma kızım, silinir."

"Murat boğazımı kesti benim."

"Yapmış bir delilik kızım, alttan al."

"Ayhan Baba, senin oğlun benim boğazımı kesti."

"Kızım..."

"Hiç tereddüt bile etmeden, tek seferde soktu boğazımdan içeri bıçağı."

"Ama..."

"Kendi boğazından önce benimkini kesti. Kendi boğazıyla benimki arasında on dakika var. Boğazım kesik, kanlar içinde yattım ben orada."

"Töbestafurullah, ne diyorsun kızım!"

"Onu diyorum, yattım kanlar içinde. Titredi, bıçağı attı. Bana baktı uzun uzun. Masanın üstündeki sigara paketini aldı. Sigarasını yaktı inanabiliyor musun? Koltuktan aşağı yayılırken kanlar, o sigarasının külünü silkelemek için kül tablasına bakınıyordu. Ben kanlarımın içinde yatarken sigarasının külü yere dökülmesin diye büyük bir özen gösterdi. Kendi boğazını benden önce kesmeye ayıracağı özeni buna ayırdı."

"O nasıl söz kızım."

"Sigarası bitti. Bana bakmayı biraz daha sürdürdü. Yere eğildi, bıçağı aldı. Ağlayarak bir şeyler sayıkladı, hızlı hızlı konuştu, anlamadım ne dediğini. Sonra kendi boğazını kesti. Yüzüme gözüme kanları sıçradı."

"Yok yok..."

"Aynen öyle oldu. Gözlerimi kapadım. Bir daha açacak gücü de bulamadım. Yüz ton oldu gözlerim. Son gördüğüm bu oldu. Bu şekilde öldüm."

"Açsaydın ya gözünü kızım, belki ölmemişti Murat. Kurtulma şansı vardı belki."

"Benim ihmalim sonucu mu öldü yani Murat?"

"Yok, cinnet dediler. Cinnet failiymiş Murat."

"..."

"Kızım?"

"Öldüm ben Ayhan Baba."

SAYIKLAMALAR

Bismillahirrahmanirrahim
2.
EL

Onu tanımadığımı anladım. Babasını tanımayan çocuklardan biriymişim. Babam bir yere gittiği için bile değil üstelik. En çok da bu bozuyor sinirimi. Babam yanı başımdayken onu tanımadığımı anladım. İçeride haberleri izlerken, işten gelip bacaklarını uzattığı çekyatta ayaklarını birbirine sürterek kaşırken, bana seslenip bir bardak su isterken filan tanımıyordum babamı.

O da kendini tanıtmamış elbette. Buna ihtiyaç mı duymamış ya da tanıdığımı mı düşünmüş hep, bilmiyorum. Ve dahası bilemeyeceğim de. Tanıyabileceğim bir babam yok şu an. Bir miktar tanıma şansım vardı ama. Hiçbirini değerlendiremediğim şanslar. Vardı.

Babam ölmedi aslında. Sadece konuşmayı bıraktı. Duymayı ve görmeyi de. Hissetmeyi, düşünmeyi, öğrenmeyi, sevmeyi, ölmeyi bile bıraktı babam. Kokmayı bırakamadı bir tek. Yoğun bakımın kokusunu biraz aralanınca duyabiliyorum hâlâ. Tanıyorum kokusunu. Babamın kokusunu tanıdığımı anladım en azından. Bu izi takip edeceğim.

SONRA OLANLAR

Yokluğunda olup bitenlere bakıyorum. Sen ve seninle giden parçalarımın içinden geçemediği şeyler geliyor gözümün önüne tek tek. Onlara mesafelenmeye çabaladıkça kendime yaklaşıyorum. Senden önceki kendimi hatırlamaya, seninle birlikte giden parçalarımın sen geldiğinde nasıl oluştuğuna bakmaya çalışıyorum.

Çok sevdiğin Kate Winslet'ın başrolünde olduğu, en sevdiğin türde, polisiye bir dizi başladı ve bitti. Hem Kate hem polisiye, projeyi sen yaratmışsın gibiydi. İzlemeyi çok istiyordun. Olmadı. Kate Winslet bu diziyle kazanmadık ödül bırakmadı, başarıdan başarıya koştu. Tuhaf bir şekilde göğsün kabarırdı. Kabarmadı.

Göğsündeki kabarıklığı hatırlıyorum. Göğüs kafesinin arasında, boynuna yakın bir kısımda tuhaf bir kabarıklık vardı. Doğuştan, tuhaf bir kemik çıkıntısı demiştin. Tuhaftı ama sana özgü diğer şeyler gibi çok güzeldi. Seninle birlikte giden diğer güzel ve tuhaf şeyler gibi.

Kate Winslet'ı ilk gördüğümde çok tuhaf ama çok güzel bir kadın olduğunu düşünmüştüm. Genel geçer güzellik algılarından sıyrılmış bir cazibesi vardı ve gerçekten çok yetenekliydi. Senden önce, sevdiğim bir oyuncuydu Kate Winslet. Senden sonra bakışında, gülüşünde, hüznünde bir şeyler aradığım birine dönüştü. Çocukken izlediğin *Titanic*'ten beri onda hayranı olduğun bir şey görmüştün. Gördüklerini aradım, sen yeni dizisini göremiyorken. İyice baktım ama bulamadım. Dizinin bir bölümünde kaybettiği bir sevdiği için acı çektiğini fark ettiğim bir anda çok kötü oldum. Kaybettiği sen olsaydın nasıl yaşardı acaba bunu? Kate Winslet ben oldum, sen bana hayrandın o kısacık anda. Senin yasını tutan Kate Winslet, sen hayattayken başarılarınla gurur duyar mıydı? Göğsü kabardığında boynuna doğru uzanan bir şişliği olur muydu?

Seni geride bırakan tarafımla izlemeye çalıştım o diziyi. Sen de benimle birlikte izliyor ve sürekli yorum yapıyor olurdun normalde. Olmadı. Normalimizin sonuna geldik. Seni geride bırakmaya çalıştığım tarafım eşlik ediyor bana izlediğim şeylerde, çok az yorum yapıyor ve sabit bir sızı veriyor sadece.

Titanic yirmi beşinci yılına özel, yenilenmiş kopyasıyla yeniden gösterime girdi. İzleyemedin. *IMAX* perdesinde tekrar gösterim fırsatını asla kaçırmazdın. Beni ve tüm sevdiklerini toplar, belki bazı sahnelerde alkış tutar, bazı sahnelerde çok ağlardın. Sessiz sahnelerde patlamış mısırını yüksek sesle yemeye utandığı için dili ve damağıyla ıslatıp yutanların bile sesini duyardın. Duymadın, görmedin, ağlamadın ve seni geride bırakan tarafıma bir *IMAX* bileti almadım.

Başka sevdiğin şeylerde de yoktun.

Hayranı olduğun *Çığlık* serisinin yıllar sonra çekilen devam filmini birlikte sinemada izleyip çok eğlendikten sonra iki devam filmi daha çekildi. İkisinde de yoktun.

Hikâyesini yazdığın bir dizinin oyuncu kadrosunda hem Haluk Bilginer'i hem Zuhal Olcay'ı hayal ediyordun. Bu hayaline gülmüştüm. İkisi de yaşadığı süre boyunca asla mümkün olmayacak bir hayal diye. İkisi yirmi yıl sonra yeni bir oyunda oynuyor şimdi. Yüzüme vuramadın.

Çok sevdiğin *Game of Thrones*'un hiç sevmediğin finalinden sonra bir uzantı dizisi başladı. Göremedin.

Dördüncü sezonunu izlemeye hazırlandığın ama başaramadığın *Search Party*, beşinci sezonuyla final yaptı. Kaçırdın.

Celine Dion milyonda bir görülen bir hastalığa yakalandığını anlattı. Muhtemelen çok üzülecektin. Üzülmedin.

Rihanna yeni şarkılar çıkardı, dinleyemedin. *Super Bowl*'da sahne aldı, izleyemedin. Yeni albümünün hazırlıklarını hızlandırdı. Bekleyemedin.

So You Think You Can Dance pandemiden sonra yeni bir sezon yaptı. Yeni dansçıları çok severdin. Sevemedin. Çok sevdiğin eski yarışmacı Twitch intihar etti, bizimle birlikte şoke olamadın.

Pandemi sen gittikten biraz sonra bitti. Yeni bir tanesi gelene kadar dikkati elden bırakmamamız gerekiyor. Sen çoktan bıraktın.

Bir sürü başka hayal vardı. Erdoğan bir sürü yeni seçim kazandı. Yepyeni hayaller kurup bir sürü hayal kırıklığına daha uğrayamadın.

Depremler oldu, hissetmedin.

Yağmurlar, seller, sürüklenen evler, yangınlar, alevler, kül olan ağaçlar, kesilen ağaçlar, korunamayan ağaçlar, korunamayan hayvanlar, korunamayan insanlar, leşler, cesetler, bir sürü kayıp, bir sürü acı. Çoğunda buradaydın, yenilerinde yoktun. Yeni bir acı da yoktu. Senin acın yeniydi. Sen çekmedin.

Eski evde unuttuğum ya da özellikle bıraktığım eşyaların üzerine tek tek notlar yazıp yanında bir mektupla birlikte bana bıraktığın o kocaman kutuyu, temizliğe gelen abla bulmuş ve içindekileri çıkarıp her birini olması gereken yerlere yerleştirmiş, notları da çöpe atmış. Bana boş kutuyu gösterdi, bunu ne yapayım diye. Görünce inanamadım. O da donup kalmamdan anladı, bir şeyleri doğru yapmadığını. "Önemli bir şey miydi?" diye sordu aşırı geç kalmış şekilde. "Ölen bir arkadaşımın eşyaları ve notları vardı içinde," deyiverdim.

Ölen bir arkadaşım oldun bir anlığına. Bir arkadaşım oldun. Sevgilim, eşim, partnerim değil, ölen bir arkadaşım. Artık adın bu mu?

ENKAZ

Nefes alıp vermeye çalışıyorum ama bilmiyorum nereye kadar gider bu böyle. Asla yardımcı olmuyor zaten derin nefesler. Daha da panikliyorum her defasında. Her nefes alışımda, sonuncusu buymuş gibi alıyorum. Bazılarını vermiyor, püskürtüyorum sadece.

Terapistim yıllar önce panik durumlarında nefesle ilgili bir sıkışma yaşadığımda, çözümün karbondioksitte olduğunu söylemişti. O zamandan sonra kriz anlarında yakınlarımda torba aramaya başlamıştım ve gerçekten iyi geliyordu. Şimdiyse kocaman bir torbanın içinde sıkıştım sanki. Torbanın içinde torba, nefesin içinde nefes, bir fikrin içinde daha iyi bir fikir yokken üstelik.

Burada bu enkazın altında nefes alıp vermeye çalışırken sen ne yapıyorsun acaba? Bencilliğin ne durumda? Ne sıklıkta aklına geliyorum ve ne hızda kayboluyorum? Aklına geldiğimde nasıl bir anıyım? Düzensiz nefes alıp verişlerimi hatırlıyor musun sen de? Heyecandan kalbim çarparken bunu sana çaktırmamak için kalp ritmimi normalleştirmeye çalıştığımı anları hatırlıyor musun? Sen rahat rahat düzenli nefes alabiliyor musun? Ve neden?

YATAKTAN

Latife
Tekin

Latife Tekin'in *Zamansız* romanını, yataktan neredeyse hiç çıkmadan, aylarca o yatağın içinde yasını yaşayarak yazdığını, bir yandan tüm duygusunu sağaltıp diğer yandan doğaya, canlılığa, yaşama dair duyduğu tüm karşı konulmaz arzuyu sayfalara geçirdiğini öğrendiğimde çok rahatlamıştım. Yasın içinde çaresiz bir savrulma yaşarken, bunu sözcüklerle ifade edebilmenin bir yolunu bulmuş Latife Hanım. Deneyimli bir sanatçı olarak bunu paylaşmaktan da çekinmemiş. O yatağın içinde yaklaşık iki yıl geçirip neredeyse paralize olurken, yaşama dair canlılığı taşımaya devam edebiliyor olmaktan utanmamayı Latife Hanım'dan öğrendim.

İki kişilik yatağın benim olan tarafından diğer tarafa doğru bir hamle yapabilmeyi öğrenmem gerekiyor şimdi yalnızca. Bir de yanımdaki yastıktaki kokunun artık uçtuğunu kabul etmeyi. Ve onun değdiği çarşafları ve yorganı artık değiştirmeyi. Tabii başucundaki, dişlerini uykusunda gıcırdatmaması için çenesinin kalıbı alınarak yapılmış plağı, o plağın muhafaza edildiği su dolu kâseyi kaldırmayı da. Bu hayatın onsuz devam ettiğini bu yataktan çıkarak ya da çıkmayarak, bunu yazarak ya da yazmayarak, bundan kurtularak ya da bunu başka bir şeye dönüştürerek ama onun dışındaki her şeyin canlı olduğunu bir şekilde fark ederek kabul etmeyi öğrenmem gerekiyor.

Öğrenmem gereken her şey için Latife Hanım'a bakmak kendisine haksızlık olur. *Zamansız*'ı tekrar okuma cesareti gösterip oradaki canlılığın gözüme sokulmasına yeniden izin vermektense külliyatını baştan sona okumayı seçtim hatta. Haksızlık etmektense lafı dolandırmayı seçtiğim için. Yine de öğrenmedim öğrenmem gerekenleri.

***

Naja Marie Aidt'in *Carl'ın Kitabı*'nı okudum. Aidt'in, kaybettiği oğlunun ölümünü idrak edebilmek için ölüm haberini aldığı telefondan, oğlunun cenazesine kadar tüm ayrıntıları yazdığı, oğlunun doğumundan sonra tuttuğu günlük sayfalarının arasında gezindiği ve tıpkı benim gibi kaybı, yazarların geride bıraktığı satırlardan birinde bulabilmeyi hayal ettiği kitabının ikinci bir ismi var: *Ölüm Senden Bir Şey Aldığında Onu Geri Ver*. Bunun ne demek olduğunu düşündüm uzun uzun. Alınan ne, verilen ne, neden geri veriliyor, neden eylemi gerçekleştiren kişi, bu eylemi koşula bağlayan bir başka etken tarafından edilgen hale geliyor? Tüm bunlar da beni uzun süre oyaladı.

Bu kitaba ayırdığım saatler boyunca diş plağıyla göz göze geldik ara sıra. Aidt'in haberi aldığı telefon konuşmasını kendi ağzından okurken en çok. Benim ölüm haberini aldığım anı düşündüm. Plağı yapan diş doktorunun o sırada tesadüfen aynı hastanede olması ve o, sedyenin üstünde kanlar içinde acil kapısından içeri sokulurken, kapıda sigara içen diş doktorunun onu görmesi, panikle beni araması. Telefonda bir yandan bu haberin ne anlama geldiğini idrak etmeye çalışırken bir yandan da hayatımda ilk kez paniklemiş bir doktorun neye benzediğini tecrübe ettiğimi hatırladım. Tüm bunları yaşarken başucundaki su dolu plak kâsesine vurup devirmek istedim. Yapamadım.

Aylardır orada, onun bıraktığı şekilde duran kâseyi kımıldatmaya cesaret edemedim. Nasıl olsa kâsenin içindeki su her gün biraz biraz buharlaşıp yok oluyor. Yaz geliyor. Birkaç gün sonra boş bir kâseye bakıyor olacağım. Dişleriyle temas etmiş sular yok olacak.

Toprağın altında artık dişlerini sıkmadığına eminim. Tedavisi tamamlanmış mı oldu yani? Buharlaşıp içinde durduğum bu odanın havasına karışan dişlerine temas etmiş suları içime çekerken artık hiçbir işlevi kalmamış kâseyi oradan kaldırabilecek gücü bulabilecek miyim?

***

Pandemi sürecinde kaybettiği babasının ardından hissettiklerini *Keder Üzerine* adlı bir kitapta toplamış Chimamanda Ngozi Adichie'nin satırlarına geçtim Aidt'in arayışından kurtulduğum bir anda. Aidt'in yas üzerine yazmış insanların metinlerini dolaşarak kendinden kurtulmaya çalışmasını görmek, henüz hazır olmadığım bir yansıtmaydı belki, bilemiyorum. Bunu düşünebilecek durumda değildim. Öyle olsaydım analistimin telefonunu açar ya da mesajlarına cevap verirdim.

~~TerapiyiYarımBıraktığımıDaKabulEtmiyorum.TerapiSürecimleÖlümünŞokEdiciliğiİkiAyrıÇizgideİlerliyor.BenİkisiniYanYanaGörmüyorum.OTelefonlarıAçmak,OMesajlaraCevapVermek,ÖlümüTerapiOdasınaSokmakDemek.ÖlümüOOdayaSokabilirdimBelkiAmaBuÖlümüDeğil.~~

Adichie, babasının yaşının ilerlemiş olmasının, yasa dair yatıştırıcı bir öneri olarak karşısına getirilmesine ne kadar tahammül edemediğinden bahsediyor. Bunu okumak bana iyi geldi. Yaşadığım tüm kayıpların inanılmaz erken olmasının, kaybettiğim herkesin çok genç ya da neredeyse çocuk olmasının, yaşadığım acı üzerinde hiçbir etkisi yoktu demek ki. Zaman, içinde gezinmenin keyfiyle sınırlarını belirlemeye üşendiğin, elinden alındığındaysa ne kadar kısa olduğuna dair şikâyet edeceğin bir şeye dönüşüyor her koşulda. Bir yıl da kısa, on yıl da, seksen yıl da. Senin onayın olmadan senden koparılmış hiçbir hayat yeterince uzun sürmüş değil ya da.

Adichie'nin kitabını okurken gözümden damlayan bir yaş yanımdaki yastığa düştü. Yatakta bir şey okurken sağa sola dönmelerin bilinçsizlikle flört ettiği o kısacık anlardan birinde, onun kokusunu kendi gözyaşımla lekeledim. Gözyaşı nasıl kokar, ne kadar kokar, kokusu neyi ne kadar bastırabilir bilmiyorum ama onun yastığı, artık sadece onun gibi kokmayacak. Adichie de bunu almış oldu benden, yastığını ve kokusunu.

Bu metinlerin her biri, tıpkı ölüm gibi benden bir şeyler almaya devam ediyor ve ben de onlara söylemeye utandığım bir şey veriyorum galiba, rızamı. Bu yatakta ilk kez utanarak vermiyorum rızamı. Sadece bu kez yıkıcı bir gücü var. Her metin, onun gidişine dair bir kabulü parça parça alıyor benden.

***

Joan Didion'ın *Mavi Geceler*'i de üzerimden yorganı çekiverince tamamen yalnız kaldım bu yatakta. Bu odada. Yine de ben diye bir şey var üstelik. Ölüm benden bir şey aldı ve aldığı şeyin içindeki beni çıkarınca geriye kalan beni bana geri verdi.

Ölüme karşı rıza gösterdiğimi söyleyemem ama ayaklarımın yeniden yere basmasını kabul ediyorum. Sadece onun olduğu değil, onunla birlikte olduğumuz bu odadan çıkıp sadece onun gezindiği değil, onunla birlikte gezindiğimiz bu evin içinde gezinmeye başlayacağım birazdan. Burada yaşamaya devam edeceğim.

Yaşam hâlâ burada olduğu için belki de hasta olmamaya bile çalışacağım. Sağlığımı koruyacağım. Ölmemek için değil, yaşamaya devam ettiğim için.

Bir noktada salondaki kanepede yatmayı bile bırakacağım belki, yatak odasına yeniden girip çarşafı kaldıracağım, nevresim takımını bile yıkayacağım.

Başka kokular gelecek burnuma. Nasıl olsa hiçbir çamaşır makinesi çıkaramaz burnumda önceden kalanı. Başka kokuları da duyacağım o yüzden.

Yaşam benden bir şey aldığında yaşamaya devam edeceğim.

TEŞEKKÜRLER

Bir şeyler yazdığımdan şüphelenip peşime düşen Baran'a, kendime dair şüphelerimi omuz desteğiyle dağıtan Nermin'e, şüpheleriyle sağlama yaptığım Şermin'e, yaylılardan bahseden Melike'ye, yaylıları zihnimde bir isme dönüştüren Meriç'e, hislerimi yıllar önce bir fotoğraf karesine gizlemiş Aylin'e, bu kitabın bitip mutlu şeylerin başladığını bildiren parıltısı için Deniz'e, içine doğduğum aileye, arkadaşlarımla kurduğum aileye ve artık burada olmayanlara, verdikleri güç ve armağan ettikleri binlerce duygu için teşekkür ederim.